THE WAR OF THE WORLDS

H. G. WELLS

星际战争

［英］赫伯特·乔治·威尔斯 / 著　顾忆青 / 译

天津出版传媒集团
天津人民出版社

果麦文化 出品

赫伯特·乔治·威尔斯（1866—1946）

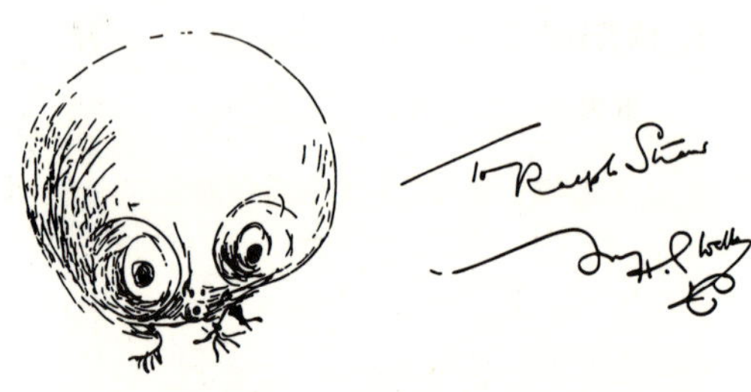

火星人——赫伯特·乔治·威尔斯

然而，倘若这些星球有人栖息，它们会是谁呢？……

世界的主宰是我们，还是它们？……

世间万物又如何为人类而创造？

——开普勒[1]（引自《忧郁的解剖》[2]）

1 约翰尼斯·开普勒（Johannes Kepler, 1571—1630），德国天文学家、物理学家、数学家，发现并提出行星运动的三大定律。

2 《忧郁的解剖》（*The Anatomy of Melancholy*）是文艺复兴时期英国作家罗伯特·伯顿（Robert Burton, 1577—1640）的代表作，书中对人类情感和思想展开深刻剖析。引文略有改动。

致

我的弟弟

弗兰克·威尔斯

本书源自他的构想

目录

第 二 部　火星人统治地球

PART 01

第一部　火星人降临

第一章　开战前夕

十九世纪末，有谁会相信，某种外星生物正敏锐地窥视着这个世界。这种智慧生命虽然同人类一样无法永生，却更为高等睿智。当人类埋首于尘世纷扰之时，它们观察着、剖析着，也许就如同人类透过显微镜，注视着水滴中短暂存活又密集繁殖的生物一样。人们沾沾自喜地为着各自琐事在尘世奔波，心安理得地深信自己是万物主宰。恐怕显微镜下的纤毛虫亦是如此自命不凡。他们不曾想过，茫茫宇宙中还有更为古老的星球，潜藏着对人类的威胁。即便遥想其他星球的存在，人们也往往认为，地外生命存在的可能性微乎其微。回想往日人类的此番思维定式，不禁深觉不可思议。地球上的人类至多如是猜想：火星上也许还有其他“人”，但恐怕比自己低等得多，正静候着地球人的造访，渴望领受人类文明的洗礼。而事实并非如此，火星人拥有高度发达的智慧，与它们相较，我们就如同死亡的畜类[1]一般愚昧。它们

1　引自《圣经·旧约·诗篇》第49篇第12节：“但人居尊贵中不能长久，如同死亡的畜类一样。”

冷酷而又无情，穿越寰宇苍穹，正虎视眈眈地觊觎着这个世界，有条不紊地制定着入侵地球的计划。对于这一切，直到二十世纪初，人们才幡然醒悟。

无须赘言，想必读者都知道，火星是颗围绕太阳公转的行星，与太阳的平均距离达一亿四千万英里[1]，从太阳接收的光和热，尚不及地球一半。如果星云假说[2]成立的话，火星必定比地球更为古老，早在地球结束熔岩状态之前，火星表面就已有生命存在。事实上，火星的体积不足地球的七分之一，这使它得以加速冷却，达至可以孕育生命的温度。火星上拥有空气、水，以及生物赖以生存的一切条件。

然而，人类是如此自负，被虚妄之心蒙蔽双眼。直到十九世纪末，也没有一位作家曾提及，火星上的智慧生命可能——甚至确实已经远远超越了地球上人类的发展水平。人们普遍也未曾意识到，既然火星比地球更早形成，地表面积还不及地球的四分之一，与太阳相距又是如此遥远，因而火星上的生命不仅更早诞生，也会更早灭绝。

这一漫长的降温过程，终有一天也将发生在地球上。而与我们相邻的火星，早已是天寒地冻。火星的物理条件

---

1 1英里=1.609344千米。

2 星云假说（Nebular Hypothesis）：有关太阳系起源的假说，由德国哲学家康德和法国天文学家拉普拉斯先后提出，认为太阳系内一切天体均由同一原始星云逐步演变形成，成为现代星云假说的雏形。

仍然是个巨大的谜团，但现已确知的是，即便身处火星的赤道地带，其正午温度也只能勉强接近地球寒冬时节的最低点。火星上的大气比地球稀薄，海洋面积已缩小至地表的三分之一。随着季节缓慢更迭，火星两极或冰冠高耸，或冰雪消融，周期性地淹没温带地区。这颗星球最终走向资源衰竭。这对我们而言甚感遥远，却是火星居民必须面对的现实问题。迫于生存压力，它们不得不变得更聪明、更强大，也更加铁石心肠。这些智慧生物以超乎我们想象的能力，通过仪器洞察寰宇。它们朝着太阳的方向望去，发现距其仅三千五百万英里之处，存在着一颗闪耀着希望之光的晨星。那就是我们温暖的地球，绿意盎然，烟波浩渺，云霭之中确是一片丰饶之地。透过缕缕流云间隙，它们望见疆土绵延、人口稠密的国家，以及船舶往来频繁的狭长海域。

在它们看来，我们这些居住在地球上的人类是如此怪异，如此低等，仿佛人类眼中的猿猴和狐猴一般。人类凭借理性已然认识到，生命的真谛就是为了生存而不断斗争，似乎火星人也对此坚信不疑。它们的星球由于过度寒冷而趋于毁灭，地球却洋溢着生命的活力。但所谓生命，在它们眼中，只不过是些低等生物而已。它们唯有朝着太阳的方向发动战争，才能逃离世代横亘在身上的灭顶之灾。

在苛责火星人之前，我们人类也应当反省自己曾犯下的伤天害理之事。我们不仅导致生灵灭绝，例如野牛[1]和渡渡鸟[2]，甚至无情地屠杀了较为低等的人类同胞。塔斯玛尼亚人[3]尽管具备人类的全部特征，但还是在五十年前欧洲殖民者发动的种族战争中被赶尽杀绝。既然如此，假使火星人以同样的名义向我们宣战，我们有何理由以仁爱使者自居而横加指责呢？

火星人似乎已经对进军地球的计划进行周密计算——显然它们的数学知识远比我们先进得多——且齐心协力地为此做准备。倘若我们的观测仪器足够先进的话，早在十九世纪我们就能预见这场即将到来的危机。斯基亚帕雷利[4]等人一直在观测这颗红色星球——顺便提一句，千百年来，火星都被视为“战神之星”[5]，这着实令人费解——并将火星表面的

---

1 野牛（bison）：指美洲野牛。欧洲殖民者踏入北美后，野牛曾遭到大量屠杀，至十九世纪末几近灭绝，最终受到法律保护，种群数量有所恢复，现为美国国兽。

2 渡渡鸟（dodo）：也译“多多鸟”，是仅产于印度洋毛里求斯岛上一种不会飞的鸟，于十七世纪后半叶灭绝。

3 塔斯玛尼亚人（Tasmanians）：澳大利亚东南部塔斯马尼亚岛的土著居民。

4 斯基亚帕雷利（Giovanni Schiaparelli, 1835—1910）：意大利天文学家、科学史家，曾绘制了第一份详细的火星地图。他对于火星表面沟道结构的观测，引起科学界对火星存在生命的探讨。

5 “火星”得名于罗马神话中的战神玛尔斯（Mars），其原型是古希腊神话中的战神阿瑞斯（Ares）。

斑点详细标记在地图上，但却始终未能解释其飘忽不定的成因。在这段时间里，想必火星人正在积极备战。

1894年火星冲日[1]之时，人们在火星的向阳面看见一道强光。利克天文台[2]最先发现这一天象，接着是尼斯天文台的佩罗坦[3]，随后又有众多观测者目睹奇观。英国民众最早是在8月2日的《自然》杂志[4]读到有关报道。我总觉得那道强光来自火星人铸造的巨型枪，安放在它们星球表面的深坑中，并从那里向地球发射炮弹。在接下来两次冲日过程中，人们在显现强光的地点附近发现一些古怪的斑点，但至今无法做出解释。

上一次风暴发生在六年之前。彼时火星正临近冲日，爪哇岛的拉维尔[5]给天文交流协会发来电报，公布了一则振奋人

---

1 火星冲日（Mars opposition）：火星于绕日公转过程中运行至与地球、太阳成一直线的周期性天文现象。此时，地球恰好位于太阳和火星之间，与火星的距离达到极近值。

2 利克天文台（Lick Observatory）位于美国加利福尼亚州汉密尔顿山顶，由加州大学管理运营。

3 亨利·佩罗坦（Henri Joseph Anastase Perrotin, 1845—1904）：法国天文学家，时任尼斯天文台台长。

4 创刊于1869年的英国《自然》（*Nature*）杂志，是世界上最著名的科学期刊之一。1894年7月28日，佩洛坦的助手斯蒂芬·贾维尔（Stéphane Javelle）在火星南半球发现一束亮光，他将观察结果发表在8月2日的《自然》杂志。

5 爪哇岛的拉维尔（Lavelle of Java）：指斯蒂芬·贾维尔，威尔斯对其人名和身份进行文学化加工。

心的消息：火星正在喷发大量白炽气体。这一切发生在12日临近午夜时分。拉维尔当即取出分光镜观测，发现这股熊熊燃烧的气团主要由氢气构成，正疾速向地球飞来。零点一刻左右，这团喷射的火光已消失不见。他将其比作火星上喷发的巨大烈焰，火情突然，火势凶猛，“恍如枪膛里飞射出的燃烧气体”。

事实证明，这个比喻的确是恰如其分。可是第二天，除了《每日电讯报》刊发一则简讯之外，其他报纸对此只字未提。全世界都对这场人类有史以来最严重的威胁置若罔闻。若非在奥特肖镇遇见著名天文学家奥格威[1]，恐怕我根本就不知此事。火星喷发的消息令他激动无比。兴奋之余，他邀请我当晚一同观测这颗红色星球。

在那之后又发生许多事，但我依然清晰记得那晚守夜时的情景：天文台笼罩在黑暗之中，四周寂静无声；墙角那盏套着灯罩的壁灯，泛着昏暗的光芒，映照在地板上；望远镜的发条装置传来均匀的嘀嗒声；屋顶上那道狭长的开口——露出一方深邃的夜空，星尘在其间不时闪过。奥格威在房间里来回走动，我虽然看不见他，但能听见踱步的声响。

通过望远镜看去，只见一圈深蓝色的夜空，一颗微小的

1 奥格威（Ogilvy）：威尔斯虚构的天文学家，最早出现在其短篇小说《星辰》（*The Star*, 1897）。

行星在星河里游移。这颗小行星看起来是如此明亮，如此渺小，如此静谧。星体并非完美的球形，而是略显扁圆，表面隐约可见些许横向条纹。不过，它虽然微小，却散发着温暖的银光——宛若那闪耀光泽的针尖！它似乎在轻微抖动，可实际是望远镜的发条装置振动所致，只有这样才能将这颗行星锁定在视野范围之内。

我凝望着这颗星球，它仿佛忽大忽小，时远时近，但那不过是我眼睛疲劳的缘故。它远在四千万英里之外——乃至比四千万英里更遥远的太空。人们几乎难以想象，飘浮着宇宙尘埃的太空是多么浩瀚无垠。

犹记得，我目之所及，这颗行星附近有三个微弱的光点。那是三颗遥不可及的星球，唯有通过望远镜才能观测。除此之外，四周漆黑一片，那便是深不可测的茫茫太空。你可以想见，在这个寒霜时节，星光点缀的黑暗苍穹是何等模样。这无边无际的黑暗在望远镜中显得更为幽深。就在这时，一个“物体”穿越渺渺寰宇，正以每分钟数千英里的高速，持续向我们逼近。它距离甚远，体积太小，我无法看清其模样。那是火星人向我们发射的“物体”，它将给地球带来无尽的战争、灾难和死亡。当我观测火星之时，做梦也想不到竟有这样的“物体”，地球上也没人会想到会出现这枚瞄准我们的炮弹。

那天夜里，遥远的火星上再度产生气团喷发现象。我亲眼望见，火星边缘闪现一道红光，星球表面轻微隆起。那时，天文钟恰好敲响零点报时。我连忙将这一切告诉奥格威，换他来用望远镜观测。

晚上很暖和，我感到口渴，便转身离开，迈着笨拙的脚步在黑暗中摸索着，朝摆放苏打水瓶的小方桌走去。当奥格威看见那个气团从夜空中划过，直冲我们而来，顿时惊叫起来。

就在当晚，又有一枚看不太清的炮弹从火星射向地球，与第一枚飞弹的发射时间恰好相隔二十四小时差一秒左右。我记得自己当时坐在桌上，四周一片漆黑，眼前浮现着或红或绿的斑点。我很想点一支烟来抽，丝毫没有关心眼前这道微光意味着什么，也不曾深究它会造成何种后果。奥格威一直观测到凌晨一点才作罢。随后我们提着灯，径直走回他的家。沿途我俯身看去，奥特肖镇和彻特西镇笼罩在黑夜之中，成百上千的居民都已酣然入梦。

整个晚上，奥格威对于火星上的一切满腹狐疑。在他看来，所谓火星上栖息着居民并向我们发送信号的粗陋之见，简直可笑至极。他猜想，也许那是一场大规模的流星雨坠落在火星表面，抑或是正在发生剧烈的火山喷发。他向我指出，在两颗相邻行星上，有机生命朝着相同路径演化的可能性微乎其微。

“火星上存在类似人类的生命，可能性仅有百万分之一。”他说。

那天、第二天及接下来几天的午夜时分，数以百计的观察者都成功目睹那道火光。这个现象一连持续十天，火星上每晚都会出现燃烧气团。至于为何十天之后火星就停止喷发，地球上并没有人想一探究竟。也许是发射时释放的烟云给火星人的生活造成不便。在地球上通过先进的望远镜可以看见，浓重的烟雾和尘埃，如同飘忽不定的灰色斑点，散布在火星澄澈的大气中，使得人们熟知的地貌特征不再清晰可辨。

火星的反常现象终于令各色报章幡然醒悟，一时间有关火星表面火山喷发的消息铺天盖地，随处可见。我记得，向来亦庄亦谐的《笨拙》杂志[1]还将此事用作政治漫画的笑料。谁也没想到，火星人朝我们发射的两枚炮弹，正以每秒数英里的高速，穿越无边无际的宇宙，向地球飞来。每时每刻，一天一天，越来越近。现在想来，令我深觉不可思议的是，人类即将大难临头，却一如既往地为着各自琐事四处奔波。我还记得，当马卡姆为他那些天来编辑的画报找到一张新的火星照片时，是多么欣喜若狂。我们十九世纪报业的繁荣景象和报人的进取之心，是后世难以想象的。而我自己当时正

---

1 《笨拙》（*Punch*）：也译“潘趣”，英国著名的幽默讽刺杂志，创刊于1841年，于2002年停刊。

沉迷于学骑自行车[1]，还忙着撰写报刊文章，探讨文明进步的过程中，道德观念将何去何从。

一天晚上（彼时，第一枚炮弹距离地球恐怕只有一千万英里），我和妻子一同外出散步。夜空中星光灿烂，我向她解释何谓黄道十二宫，并把火星指给她看。只见一个明亮的光点，正缓缓地向天顶[2]移动。地面上有无数台望远镜已瞄准它的位置。那是一个温暖的夜晚。回家途中，一群不知是从彻特西还是艾尔沃思来这里远足的游客，边弹边唱，从我们身旁经过。路边房屋楼上的窗户亮起灯光，人们都准备入睡休息。远处火车站传来列车转轨的声响，汽笛声和轰鸣声交织在一起，远远地听起来十分轻柔，宛如乐章。妻子指着悬挂在支架上的红、绿、黄三色信号灯给我看，它们在夜空的映衬下显得格外明亮。一切看起来都是那么安宁，那么静谧。

---

1 作为自行车的狂热爱好者，威尔斯曾多次将“自行车”这一文学形象展现在作品中，如他对“时间机器”的描写显然是以自行车为原型。威尔斯还创作了一部以自行车冒险旅行为题材的小说《命运之轮》（*The Wheels of Chance*, 1896）

2 天顶（zenith）：观测点的铅垂线向上延长与天球相交的点，即天空正上方的端点。

第二章　陨落星辰

第一颗“流星”坠落的夜晚终于来临。破晓时分，众人看到它掠过温彻斯特上空向东而去，在苍穹中划过一道火光。想必有数以百计的人见证这一幕，都以为是一颗普通的流星。阿尔宾如是描述，它拖着一条闪着绿光的尾迹，亮光持续数秒钟。我们最权威的流星专家丹宁[1]宣称，它首次出现时距离地面约为九十至一百英里。他认为，“流星”最终坠落在离他以东一百多英里的地方。

当时，我正在家中的书房写作。虽然我的落地窗正对着奥特肖镇，百叶窗也并未合上（那段时间我总爱仰望夜空），但我什么也没看见。然而，这个有史以来最古怪的天外来客，一定是在我伏案写作时坠落的，倘若我那时抬头看一眼便能望见它。有部分目击者表示，它从高空飞过时一直嘶嘶作响。我自己却一点儿也没听见。在伯克郡、萨里郡和米德尔塞克斯郡，一定有很多人目睹这一切，但他们都认

1　威廉·丹宁（William Frederick Denning, 1848—1931）：英国天文学家，致力于观测彗星和流星。

为，那顶多就是一颗流星而已。可是，坠落者到底是何物，那天晚上似乎没有人想去一探究竟。

可怜的奥格威也看到了这颗“流星”，并认定它就落在霍斯尔、奥特肖和沃金[1]这三地之间的公地上。于是，他第二天一大清早就起身出门，打算找寻它的踪迹。天刚亮不久，他果然在采沙场附近找到了它。由于坠落时的巨大冲力，地面上被砸出一个大坑。沙砾和碎石四处飞溅，撒在石楠树丛中，堆得高高隆起，一英里半开外都能看见。东边有棵石楠树着了火，一缕青烟在晨曦中袅袅升起。

这“物体”几乎完全埋没在沙砾之下，四周散落着它坠地途中撞垮的杉树碎屑。它露出地面的部分好似一个巨型圆筒，外表厚厚一层暗褐色硬壳已凝结成块，如同鳞片一般。它的直径约为三十码[2]。奥格威上前一瞧，这个庞然大物的体积使他颇感意外，而其形状则更令他大吃一惊，因为流星通常都呈球形。不过，由于刚才高速飞行的缘故，外壳依然热得发烫，奥格威根本无法靠近。一阵骚动声从里面传来，他以为是圆筒表面冷热不均所致。那一刻，他丝毫未曾料到，它也许是空心的。

奥格威伫立在这“物体”砸出的坑洞旁边，凝神注视着

---

1 沃金（Woking）：英国萨里郡的城镇。威尔斯曾在1895年居住于此，创作本书。

2 1码=0.9144米。

它古怪的模样。那与众不同的形状和颜色，令他讶异不已。与此同时，他也隐约觉察出一丝来者不善的迹象。清晨静得出奇，太阳刚从韦布里奇[1]方向的松树林后缓缓升起，已能感到些许暖意。他完全不记得那天早晨是否听见鸟鸣，但肯定没有微风轻拂的沙沙声。他唯一能听见的，只有那个烧得焦黑的圆筒内传来的微弱搅动声。整片公地上就他独自一人。

突然，他惊讶地发现，一些覆盖在“流星”表面结成硬壳的灰烬残渣正从顶端的环状边缘剥落下来，一片片纷纷扬扬，撒在沙地上。顷刻间，一大片硬壳掉落下来，发出刺耳的声响，他顿时把心提到嗓子眼。

他愣了一分钟，丝毫没明白是怎么回事。尽管那个庞然大物依然滚烫，他还是爬进了坑里，走近它想看个究竟。他当时仍以为，眼前的一切都是圆筒降温时冷热不均造成的。可有一点说不通，为何只有圆筒顶端才有炭灰剥落。

随后，他注意到圆顶正慢慢旋转起来。它转动得异常缓慢，若非奥格威发现那个五分钟前还离自己不远的黑色印记已经转到了圆筒的另一面，他根本没意识到这一点。可即便如此，他还是想不通这意味着什么。直到他听见一声摩擦形成的闷响，看见黑色印记向前跃进一英寸[2]左右，才顿时豁然

1 韦布里奇（Weybridge）：英国萨里郡的城镇，位于沃金镇东北方约七英里处。

2 1英寸=2.54厘米。

开朗。这个圆筒是人造之物——内部是空心的——顶盖可以旋转打开！圆筒里面有东西正在转开顶盖。

“天哪！”奥格威喊道，“里面有个人——不止一个！快被烤死了！想逃出来！”

他转念一想，马上将这“物体”与火星上的闪光联系在一起。

想到圆筒里关着某种生物，他顿觉惊恐万分，以至于忘记那灼人的热力，径直朝圆筒走去，想帮忙拧开。幸亏圆筒释放的热量阻止了他，双手才没有被依然滚烫的金属外壳所灼伤。他在原地踌躇片刻，随即转身朝沙坑外爬，一路向沃金镇狂奔而去。那时应是早晨六点左右。路上他撞见一位车夫，便想方设法将一切告诉对方。可他的说辞太离奇，模样又太狼狈——他把帽子遗落在沙坑里——那车夫当即扬长而去。他来到霍斯尔桥旁，一个酒馆伙计正准备开门营业。他再次上前叙说一番，却同样徒劳无用。那人以为奥格威是从精神病院出逃的疯子，差点将他锁在酒馆房间里。这倒使他清醒些许。当他在庭院里看见伦敦记者亨德森时，便隔着围栏招呼他，向他描述发生的一切。

“亨德森。”他问，“你昨晚看见流星了吗？”

“嗯？是啊。”亨德森说。

“它现在就在霍斯尔公地上。”

“天呐！”亨德森说，“坠落的流星！好极了。”

“可那绝非普通的流星。它是个圆筒——人造圆筒，伙计！里面还有东西。”

亨德森站起身来，手里拿着铁锹。

“你说什么？”他问道。他一只耳朵听不见。

奥格威将自己的所见所闻全都告诉他。亨德森愣了一分钟才回过神来。他丢下铁锹，一把抓起夹克外套，出门来到路上。两人匆匆回到公地，只见那个圆筒仍在原地。不过此时，筒内已不再作声。圆筒顶部和筒身之间露出一圈细长锃亮的金属轮廓。筒内外的空气沿着边缘进出交换，发出轻微的嘶嘶声。

他俩一边听着，一边用木棍敲了敲那层鳞状硬壳，却没有任何回音。他们断定里面的人不是失去知觉，就是已经死了。

他们自然是别无他法，只得高声宽慰许诺几句，然后赶回镇上求援。不妨想象一下：两人一身沙土，既兴奋又迷茫，迎着耀眼的阳光，奔走在狭窄的街道上。此时，店家正卸下护窗板，人们刚打开卧室的窗户。眨眼间，亨德森径直走进火车站，打算将这则消息通过电报发往伦敦。报章上连日来刊载的文章，已让人们做好接受这一事实的心理准备。

八点刚过，一群男孩和无业游民就已来到公地上，想瞧瞧这些“火星来的死人”。这是报刊新闻里的说法。我最初是从报童嘴里得知这一切。那是八点四十五分光景，当时我正出门去取《每日纪事报》。听罢，我自然大吃一惊，便迫不及待地出门，穿过奥特肖桥，向采沙场走去。

第三章　霍斯尔公地

我看见二十来个人正聚集在圆筒所在的大坑周围。对于这个埋在地里的庞然大物，我此前做过描述。它旁边的草皮和沙砾似乎都已烧得焦黑，像是历经了一场突如其来的爆炸。显然，它撞击地面时曾溅起火光。亨德森和奥格威并不在现场。我猜他俩觉得现在无事可做，便到亨德森家吃早餐去了。

只见四五个男孩坐在坑边。他们晃荡着双腿，朝着那个庞然大物扔石头，并以此作乐，直到我上前制止才收手。被我教训一顿后，他们便转而玩起捉迷藏游戏，在围观人群中来回穿梭。

人群中有几个骑自行车的人、一个我曾雇来打零工的园丁、一个怀抱婴儿的女孩、屠夫格雷格和他的小儿子，以及两三个无业游民和高尔夫球童，他们常在火车站附近转悠。众人几乎默不作声。彼时，在英国普通百姓之中，对天文学略知一二者寥寥无几。大多数围观群众都一声不吭盯着圆筒顶部。筒顶大如圆桌，与奥格威和亨德森此前离开时一样，仍然纹丝不动。我想，那些看热闹的人原本指望能瞧见一堆焦尸，不料眼前却是个死气沉沉的大家伙，必定大失所望。当我在那里时，走了一些人，又来了一些人。我费力地爬下坑去，似乎听见脚下有轻微响动。确信无疑的是，圆筒顶部已经停止转动。

直到我走近一瞧，才完全看清这“物体”的奇特之处。乍看之下，它不过就像一辆翻倒的马车，或是一棵被风吹倒在路边的大树，不值得大惊小怪。可事实上并非如此。它看起来更像是个锈迹斑斑的汽灯浮标[1]，一半掩埋在地里。具备一定科学素养的人才会意识到，这“物体”表面的灰色鳞片，绝不是普通的氧化物，而顶盖和筒身之间的狭缝里，也闪现出异乎寻常的米白色金属光泽。对绝大多数围观者而言，“外星”这个词并无任何深意。

我当时心里明白，这“物体”一定来自火星。可我推断，筒内不可能有任何活物。我认为顶盖是自动旋转的。我坚信火星上有人存在，尽管奥格威并不赞同。我不禁浮想联翩，幻想着里面会有它们的手稿，且破译起来何其困难，还有各种钱币、模型之类的物品。但这圆筒实在太大，我不敢确信只有这些。我迫不及待地想把顶盖打开。过了十一点，什么动静也没有，于是我只得满腹狐疑地回到我在梅

1 汽灯浮标（gas-float）：浮于水面的一种筒状航标，内含乙炔气体，通常作为海上助航标志。

伯里[1]的家中。然而，我发现自己再也无法专心钻研手中那些抽象的调查研究了。

到了下午，公地方面的情况出现巨大变化。整个伦敦城都陷入震惊之中，各家晚报纷纷提前出版，并刊出特大标题：

火星传来信息

重磅新闻发自沃金镇

诸如此类，不一而足。此外，奥格威发给天文交流协会的那份电报，也惊动了英伦三岛的所有天文台。

采沙场一旁的路边停着不少马车，其中有六七辆是从沃金车站驶来的出租马车、一辆从乔巴姆驶来的轻便马车，以及一辆奢华气派的四轮马车。路边还停放着一大堆自行车。此外，还有一群来自沃金镇和彻特西镇的民众，他们不畏酷热，徒步至此。如此看来，沙坑四周已是人头攒动，人群中还有一两位衣着艳丽的女士。

烈日当空，万里无云，不见一丝风，唯有几棵松树投下稀疏的阴影。石楠树丛中的明火已被扑灭，但目之所及，面向奥特肖镇的平地已是一片焦黑，缕缕青烟仍飘荡在上空。

1 梅伯里（Maybury）：指沃金镇的梅伯里地区，写作本书时威尔斯居住在此地。

乔巴姆路上的一位甜食商贩颇具经营头脑，打发他儿子推着一车青苹果和姜汁啤酒，朝这里过来。

我走到坑边，只见六七个人已围站在坑里——包括亨德森、奥格威和一位高大的金发男子，还有几位手执锹镐的工人。后来我才得知，那男子名叫斯滕特，是皇家天文学家。斯滕特正用清亮高亢的嗓音发号施令。他站在圆筒上，显然圆筒已经冷却许多。他脸涨得通红，满头大汗，似乎在为什么事生气。

圆筒的大部分已被挖掘出来，尽管筒底仍埋在地里。奥格威在人群中一看见我，便唤我下到坑里，问我是否愿意去拜见希尔顿勋爵，他是此地的领主。

奥格威表示，围观群众越聚越多，尤其是那些男孩们，妨碍了挖掘工作的开展。他们打算搭建一排简易围栏，以防人群靠近。他告诉我，圆筒中仍不时有轻微的扰动声，但工人们还没能旋开顶盖，只因无处着手。筒身看上去特别厚重，我们在外面听起来也许只是轻微声响，恐怕筒内已是喧闹不堪。

我欣然答应他的请求，因而成为围栏之内享有特权的目击者之一。不巧，希尔顿勋爵不在家，但我得知，他会搭乘滑铁卢车站[1]六点钟那班火车从伦敦回来。当时已是五点一刻，于是我回家喝了点茶，便动身前往车站，想在半路截住他。

1 滑铁卢车站（Waterloo station）：伦敦市的枢纽火车站之一。

第四章　圆筒开启

当我再次回到公地时，正值夕阳西下。人们成群结队地从沃金镇的方向匆匆赶来，偶尔有个别人往回走。沙坑四周的围观者越聚越多，在柠檬色的天空映衬下，显得黑压压一片——恐怕不下几百人。只听有人在高声喧哗，似乎沙坑附近的人群正陷入骚动。我心中闪过一丝奇异的念头。我走上前去，耳边传来斯滕特的声音：

“退后！退后！”

一个男孩冲我奔来。

“它……动了，”他经过我身边时念叨着，“在……在转……在转开。我可不喜欢。我要……回家……要回家。”

我走到人群之中。我敢肯定，现场确实有两三百人，彼此摩肩接踵，你推我搡。几位夫人也不甘示弱，表现得相当活跃。

“他掉进坑里了！”有人喊道。

“退后！”几个人齐声叫嚷。

人群散开一些，我乘机挤了进去。所有人都异常兴奋。我听见坑里传来一阵古怪的嗡嗡声。

“听我说！”奥格威说，“帮我拦住这些白痴。我们还不清楚这鬼东西里有些什么，懂吗！”

我看见一位年轻人，我猜他是沃金镇上的店员。他站在圆筒上，试图再从坑里爬出来。他是被人群挤下去的。

圆筒顶盖正从里面被旋开，露出大约两英尺[1]长的螺丝，闪闪发亮。我被人推了一下，差点就撞倒在螺丝帽上。我转过身来，就在此时螺丝被拧开，圆筒顶盖应声落在沙砾上，发出一声巨响。我用手肘推开身后的人，回头朝那“物体”看去。落日余晖令我目眩，一时间，圆筒在我眼中显得一片漆黑。

恐怕所有人都在期待，有“人”会从筒里钻出来——也许与我们地球人稍有区别，但其本质仍属人类。我当时的确有此想法。然而，当我凝神注视时，突然觉察出暗影中有异物在蠕动：某种灰色物体正上下翻滚，起伏不定，还露出两只发光的圆盘——像是眼睛。而后，这团扭动之躯的中央，伸出一条形似小灰蛇的东西，粗细与手杖相仿，自空中蜿蜒着向我伸来——接着是另一条。

我不由得打了个寒战。只听身后传来一声女人的尖叫。我侧过身去，目光仍盯着那个圆筒。筒内陆续又伸出几根触须，逼得我从沙坑边缘直往后退。我目睹身旁人们脸上的神

1　1英尺=0.3048米。

情由震惊变为恐惧，含糊不清的惊叫声此起彼伏。众人纷纷后退，而那个店员仍在坑边挣扎。我发现四周已不见人影，沙坑对面的人群正四处奔逃，斯滕特亦在其中。我回头看了看圆筒，一股难以抑制的恐惧感袭上心头，我吓得目瞪口呆，动弹不得。

一个浑身滚圆的庞然大物正缓慢地从圆筒中向外爬，它的外表呈灰色，体型与棕熊相当。它站起身来，沐浴在阳光中，如同浸湿的皮革那般闪耀。

它那暗沉的双眸硕大无比，正死死地盯着我。眼睛所在的那块部位，也就是它的脑袋——是圆形的，上面还有一张——姑且称其为“脸”。眼睛底下还有个嘴巴，但没有嘴唇，嘴边正颤抖着、喘息着，淌着口水。整个身躯如痉挛似的持续起伏抽搐。一条细长的触手抓住圆筒边缘，另一条则在半空挥舞。

你若从未亲眼见过火星人，简直难以想象它的长相是多么可怕。它的嘴巴呈V字形，上嘴唇尖尖的，模样古怪。它没有眉骨，楔形的下嘴唇底下，也没有下巴。它的嘴巴不断翕动，还长着蛇发女妖[1]似的触须。置身于陌生空气中的它，正用肺腔竭力呼吸着。由于地球的重力比火星更大，它行动起

---

1 蛇发女妖（Gorgon）：即“戈耳工”，希腊神话中三个头缠蛇发、口生獠牙的女妖，分别为斯忒诺（Stheno）、欧律阿勒（Euryale）和美杜莎（Medusa），传闻目睹她们面容者会变成石头。

来显得格外沉重艰难——这一切，尤其是那双异常犀利的大眼睛——顿时令人倍感致命和紧张，这野蛮而畸形的形象，如恶魔一般。它油腻的褐色皮肤上，长着霉菌似的斑点，体态笨拙而拘谨，步伐单调而乏味，使人感到一阵不可名状的厌恶。哪怕是初次相遇，只瞧一眼，我心中都忍不住恶心和恐惧。

突然，这怪物消失不见了。它从圆筒边缘翻滚下来，跌进了沙坑里。只听砰的一声，像是一大堆皮革掉落在地。我听见它发出一声粗重的怪叫。紧接着，又有一只同样的怪物，从圆筒的暗影深处中爬出来。

我转过身去，发疯似的跑向离我最近的树丛，距离约有一百码远。我不敢将视线从那些怪物身上移开，因而始终侧着身子，跑得跌跌撞撞。

在几棵小松树和金雀花灌木丛之间，我气喘吁吁地停下脚步，静观事态的走向。围观者稀稀拉拉地站在沙坑周围的公地上。他们都和我一样，既惊恐又着迷，凝神注视着这些怪物。毋宁说，他们是盯着沙坑旁边的砾石堆，怪物们仍在坑里。随后，我看见一个圆滚滚、黑乎乎的东西，在沙坑边缘上下跳动。原来是先前掉进坑里那个店员的脑袋，在天空灼烈的逆光衬托中，恍若一个黑色的小球。此时，他刚抬起肩膀和膝盖，就再度滑落，只剩脑袋露在沙坑外。刹那间，他已不见踪影。我耳边隐约传来一声微弱的尖叫。我一时冲动，想要回去救他，但恐惧使我望而却步。

一切都再也无法看清。圆筒坠落时形成的深坑和沙丘，阻挡了视线。凡是从乔巴姆或沃金前来此地的人们，面对此情此景，必定会颇感惊讶：围观者越来越少，大约百余人，站成一个巨大的不规则圆环。有些人躲在水沟里，有些人藏在灌木丛后，还有些人以大门和篱笆做掩护，彼此间几乎沉默不语，偶尔简短而兴奋地叫嚷几声，都全神贯注地凝视着那些沙堆。装有姜汁啤酒的手推车被遗弃在一旁，在通红的霞光映照下，显得漆黑一团，诡异无比。采沙场里停放着一排无人认领的马车，有些马匹在吃饲料袋里的食物，有些则在用蹄子刨地。

第五章　热射线

火星人乘坐那个圆筒从它们的星球来到地球上。自从我目睹它们从筒里钻出来之后，便深深着迷，乃至近乎失神。我伫立在齐膝高的石楠树丛中，目光聚焦在那片遮住它们的沙堆上。我心生恐惧，却又满怀好奇。

我不敢回到沙坑边，可又极度渴望看个究竟。于是，我绕着弯走，寻找有利地形，并时刻张望着那片沙堆，天外来客就藏在其后。突然，我看见一根又细又黑的皮鞭，如同章鱼的触腕，在夕阳下一闪而过，转眼间又缩了回去。不久，我眼前竖起一根纤细的长杆，一节接着一节，顶端有个圆盘，正摇晃着不停打转。那里究竟发生何事?

围观者几乎被分成两拨聚拢在一起——其中一拨人数较少，面朝沃金镇方向，另一拨人则与乔巴姆相对。显然，他们和我一样，深陷思想斗争之中。我周围却没有几个人。我朝其中一人走去——发现他是我的邻居，不过我并不知道他的名字——并与他搭讪起来。但此时此刻，根本不是好好谈话的时候。

“多么丑陋的家伙！”他说。“天哪！多么丑陋的家伙！”他一次又一次地重复念叨。

“坑里有个人，你看见了吗？”我问道。然而他没有回答。我俩默不作声，并肩站在那里看了会儿。或许我们能在彼此的陪伴中找到些许慰藉。随后，我走到一片土丘上，那里高出一码多，视野更加开阔。当我转身寻找我的邻居时，发现他已经朝沃金镇走去。

夕阳西沉，暮色渐深，事情并没有任何进展。在面朝沃金镇的左侧，远处的人似乎越来越多，我耳边隐约传来一阵轻声低语。而与乔巴姆相对的那一小群人已逐渐散去。可沙坑里始终不见丝毫动静。

有鉴于此，人们才终于鼓起勇气。在我看来，那些刚从沃金镇赶来的人，也使围观者重振信心。无论如何，随着天色渐暗，人群开始走走停停，缓缓地向采沙场移动。圆筒周遭的一切，依然沉浸在静谧之中，人们逐渐加快脚步。人影三三两两，时而前进几步，时而停在原地，观察一番，再接着走。队伍陆续散开，呈现出不规则的月牙形。月牙逐渐收拢的两端，恰好将沙坑围在中间。而我自己，也动身向沙坑走去。

我看见几个马车夫及另外一些人，大着胆子走进采沙场。我听见马蹄蹬地咔嗒作响，伴随着车轮碾过路面的刮擦声。我还看见一个小伙子，推着那辆装载苹果的小车离开。后来，我发现从霍斯尔的方向走来一小群人，黑漆漆的人影，距离沙坑已不足三十码，领头者正挥舞着一面白旗。

这是“代表团”一行。成员们已经草草商议，认为火星人尽管相貌丑陋，但显然属于智慧生物，因此决定在靠近它们时务必释放信号，以示我们也是智慧生物。

白旗在空中飘来飘去，忽而向左，忽而向右。由于距离甚远，我无法看清他们究竟是谁。不过我后来得知，奥格威、斯滕特和亨德森都在代表团里，他们与其他人一起，试图与火星人沟通交谈。可以说，人群原本已经几乎围成正圆形，但由于这一小队人向前行进，故而造成圆弧一处向内凹陷。还有几个模糊的黑影，正小心翼翼地远远跟在他们身后。

忽然，出现一道闪光，沙坑中接连三次升腾起荧亮的绿烟，一股接一股，径直升入寂静的天空。这团烟雾（或许称之为火焰更合适）颇为耀眼夺目。绿烟升起之时，头顶这片黛蓝色的夜空顿时愈加深邃，而通往彻特西镇的褐色公地若隐若现，黑松林点缀其间，而且愈发幽暗。绿烟消散以后，一切显得更加阴沉昏黑。与此同时，我耳边还传来轻微的咝咝声。

沙坑另一边站着一小群人。他们排列成楔形，领头者举着白旗，都被眼前的景象吓得停住脚步。只见地面漆黑一片，几个黑色人影笔直挺立在那里。随着绿烟升腾，他们脸上闪现出暗淡的绿光。烟雾一旦消散，便无法再看清他们的模样。渐渐地，咝咝声变成了嗡嗡声，听起来拖沓、刺耳，而单调。慢慢地，一个隆起的身影从沙坑中浮现，似乎还有一束幽灵般的光线从中闪过。

紧接着，火光乍现，千真万确。一道明亮的强光，从这列松散的队伍中投射而出，在众人之间来回游移。这情形就像是有一团隐形的气流喷射在他们身上，立刻化作苍白的焰火。顷刻间，似乎每个人都被点燃了。

随后，在火光映照下——这火会将他们燃尽，我看见他们个个步履蹒跚，扑倒在地，而追随者们则纷纷转身逃跑。

我凝神伫立，尚未意识到死亡正逐一吞噬远处那群人的生命。我只觉得有些不对劲。每当一道眩光悄无声息地闪现时，就有人一头栽下，倒地不起。无形的热射线从他们身上扫过，也将松树林付之一炬。随着一声闷响，干枯的金雀花灌木丛全都化作熊熊烈火。我向远处克纳普山的方向望去，看见树林、篱笆和木屋也在转瞬之间陷入火海之中。

这死亡之火，这无影无形、所向披靡的热力之剑，以其迅猛而持久之势，横扫周遭的一切。沿途的灌木丛纷纷燃起火来，我能感到它正向我逼近，可我早已吓得瞠目结舌，动弹不得。我听见火焰在沙坑中噼啪作响，耳边突然传来一匹马在厉声嘶鸣，但很快就戛然而止。随后，仿佛有根无形却又灼热的手指，划过我与火星人之间的石楠树丛，在沙坑外画出一道弧线。所及之处，焦黑的地面全都冒着烟，发出噼里啪啦的爆裂声。左侧远处，从沃金车站通往公地的马路上，不知何物轰然坠地。不一会儿，咝咝声和嗡嗡声都停歇下来，那个穹顶似的黑色身影，缓缓沉入沙坑中，消失在视野里。

一切都发生得太过迅疾，眼前强光忽闪，使我目瞪口呆，目眩神迷，因而只得一动不动地站在那里。倘若死亡之火横扫一整圈的话，尚在惊愕之中的我必死无疑。未曾料到，它从我身旁掠过却并没有置我于死地。我突然感到周围的夜色是如此黑暗，如此陌生。

连绵起伏的公地几乎漆黑一片，唯有横亘其中的路面，在入夜时分的深蓝苍穹下呈现出灰白的轮廓。周围伸手不见五指，转瞬之间便空无一人。头顶上方，群星渐次闪耀。向西而望，天空仍泛着苍白的亮光，蓝中透绿。在西边晚霞的映衬下，松树梢和霍斯尔地区的屋顶勾勒出黑魆魆的天际线，显得错落有致。火星人与它们的仪器全都不见了，徒留那根纤细的桅杆，上方还有一面圆镜在不停转动。遍地丛生的灌木，茕茕孑立的残树，依然都冒着余烟，火光闪烁。而沃金车站沿途的房屋，正向寂静的夜空不断喷吐火舌。

除了眼前此番景象和心中的无限惊愕之外，一切都未改变。那一小群高举白旗的漆黑身影已被一扫而尽。可在我看来，夜晚的沉寂似乎仍不曾打破。

我突然意识到，我独自一人在这昏暗的公地上，孤立无援，手无寸铁。蓦然之间，一种凭空而出的感觉向我袭来——恐惧。

我竭力转过身，连滚带爬地从石楠树丛间穿过。

我的内心被恐惧所吞噬，已然丧失理智。我不仅对火星人深感畏惧，也因四周昏黑寂寥而胆战心惊。这异乎寻常的恐惧，令我勇气顿失。我一边奔跑，一边像孩子一样哭起来。我转身而逃之后，便再也不敢回头。

我当时深信火星人是在捉弄我。不久之后，待我抵达安全地带，这神秘莫测的死亡之火——移动之快堪比光速——将从圆筒所在的沙坑中飞蹿而出，向我追来，并将我击倒在地。

第六章　乔巴姆路的热射线

究竟火星人有何能耐，竟可如此迅速而又悄无声息地置人于死地，至今仍是个谜。许多人认为，它们能够采用某种方法，在一个完全隔热的容器中，生成高强度的热能。接着，通过一个材质不详、打磨光滑的抛物面反射镜[1]，将这股超强热能转化成平行的热能束，反射到选定的目标，这与灯塔利用抛物面反射镜投射光柱的过程相似。然而，从未有人对这些细节给予确切证明。无论其原理究竟为何，毋庸置疑的是，热能束正是关键所在。热能无影无形，全然不可见。凡是可燃之物，一旦被它触碰到便会立即燃烧起来。它能化铅为水，使钢材变软，使玻璃迸裂熔融。当它与水相遇，可瞬间将其汽化。

那天夜里，将近四十人横尸在沙坑周围的月光下，全身焦黑，体态扭曲，无从辨认其身份。整整一个晚上，霍斯尔

1　古希腊哲学家阿基米德（Archimedes）曾在叙拉古战役（Siege of Syracuse，前214—前212）中，指挥士兵利用凹透镜聚光作用，反射太阳光而烧毁入侵的罗马战船。威尔斯在其《世界史纲》（*The Outline of History*）一书中对此有过记述。

和梅伯里之间的公地遍地火光，荒凉得空无一人。

有关此次大屠杀的新闻几乎同时传遍乔巴姆、沃金和奥特肖三地。惨剧发生时，沃金镇上的商店都已关门。几个店员和其他一些人听闻消息后被深深吸引，径直穿过霍斯尔桥，沿着那条两侧篱笆林立的路向公地走去。试想一下，年轻人在一日辛劳之后，梳妆打扮一番，假借凑热闹的名义，结伴同行，享受打情骂俏的时光。以围观新鲜事为借口是他们的惯常套路。不难想象，斜阳夕照之际，他们一路上欢歌笑语。

诚然，尽管可怜的安德森已经差遣信使骑自行车去邮局给一家晚报派发专电，但沃金镇上的大多数人当时甚至还不知道圆筒已被打开。

沃金镇的居民三三两两地来到郊外，发现人们簇拥成群，正兴致盎然地交谈着，并时刻窥视着沙坑上方不断旋转的圆镜。毫无疑问，这些初来乍到者很快就被眼前令人兴奋的场面所感染。

八点半光景，那时“代表团”已被赶尽杀绝，此地聚集着约有三百余人，尚不包括那些离开路面想近距离接触火星人的围观者。现场还有三名警察，其中一人骑着马。他们按照斯滕特的指示，倾尽全力驱使众人后退，不让其靠近圆筒。几个情绪容易亢奋的冒失鬼不时从人群中传出嘘声来。对他们而言，扎堆围观之际，正是起哄嬉闹的良机。

斯滕特和奥格威已经料到可能爆发冲突，因而当火星人现身时，他们当即从霍斯尔向部队发送电报，请求派遣一个连的士兵支援，保护这些不速之客免遭暴力侵害。之后，他们便返回采沙场，带领一众人马踏上进军之路，最终却招致不幸。围观群众对他们死状的描述，与我亲眼所见相当吻合：三股升腾的绿烟，嗡嗡作响的低鸣，以及不断闪现的火光。

然而，那群死里逃生的围观者比我侥幸得多。多亏一座布满石楠树丛的沙丘将低处的热射线阻挡在外，他们才得以活命。倘若那面抛物线反射镜升高几码的话，便没人能活下来重述当时的情景。他们看见火光冲天，目睹死难者纷纷坠落，仿佛有只无形之手趁着暮色疾速袭来，将沿途的灌木丛点燃。接着，沙坑低鸣声中传来一阵啸叫，热射线紧贴他们头顶掠过，道路两旁山毛榉的树梢顿时燃烧起来。与此同时，砖块迸裂，玻璃震碎，窗框起火，街角最近处那栋房屋的一部分山墙[1]轰然坍塌，遂成一片废墟。

突如其来的撞击声、嘶鸣声，以及树林中的熊熊火光，令众人大惊失色，一时间不知所措，只得在原地踌躇徘徊。只见火星四溅，燃烧的树枝掉落在地，片片落叶恍如团团火焰。人们的帽子和衣服都着了火。不久，公地上传来一阵哭

1 山墙（gable）：建筑两个侧面上部成山尖形的横墙，也称“规壁”。

喊声。有人在尖叫，有人在呐喊。忽然，一名警察双手捂着脑袋，骑马穿过混乱的人群飞奔而来，一路高声叫嚷。

“它们来了！”一位女士尖叫一声。大家全都不由自主地转过身来，推开身后的人，想夺路而逃，返回沃金镇。他们就像羊群似的四处乱窜。道路两侧路堤高耸，路面越发狭窄昏暗。众人挤作一团，不顾一切地争相逃命。然而，并非所有人都成功逃生：至少有三人——包括两个女人和一个男孩，惨遭人群碾压踩踏，在恐惧和黑暗之中一命呜呼。

第七章　回家之路

至于我自己，我已完全记不清是如何逃脱的，只记得全身神经紧绷，一路跌跌撞撞穿过树林和石楠树丛。我周遭的一切都笼罩在火星人带来的无形恐惧之中。无情的热力之剑似乎始终来回飞旋，在我头顶挥舞，眼看随时就会劈砍而下，夺取我的性命。我来到那条连通十字路口与霍斯尔的小道，沿路向十字路口跑去。

最后，我再也跑不动了。剧烈的情绪波动，一路飞也似的仓皇奔逃，令我感到精疲力竭，我摇摇晃晃地倒在路边。那里距离运河大桥很近，就在煤气厂旁边。我躺倒在地上，一动不动。

想必我在那里躺了很久。

我坐起身来，心中困惑不解。一时间，我恐怕还想不明白自己为什么会在这里。恐惧感已从我身上消失，如同一件衣服被脱下。我的帽子已不见踪影，衣领也从领口的纽扣上崩开。几分钟前，我面前还只有三样可谓真实的事物：广袤无垠的暗夜、宇宙与自然，我自身的软弱与苦痛，以及步步逼近的死亡。而此时此刻，像是某事突遭颠覆，观点也猝然改变。从一种心境到另一种心境，毫无任何变化的征兆。忽然之间，我又重回昔日的自我——体面的普通公民。寂静的公地、仓皇的奔逃、燃烧的火光，一切都恍如梦境。我扪心自问，后来那些事真的发生过吗？我感到不可思议。

我站起身来，步履蹒跚地登上大桥陡峭的斜坡。我脑海中一片空白，仿佛浑身的肌肉和神经都气力全无。可以说，我简直像喝醉似的，走得东倒西歪。拱桥对岸先是探出一个脑袋，随后一个手提篮筐的工人出现在我的视线中，身旁还有个小男孩在跟着跑。他与我擦肩而过时，向我道了声晚安。我本打算和他说些什么，但终究没能开口。我只简单咕哝一句，回应他的问候，便继续向对岸走去。

一列火车从梅伯里拱桥下驶过，炉火燃烧冒着滚滚白烟，一节节车厢灯火通明，向南方飞驰而去——咔嚓，咔嚓，哐当，哐啷，很快便开走了。那片被称为“东方街巷”[1]的地方，林立着一小排别致的山墙，隐约可见一群人在其中一栋房屋门口聊天。一切都如此真实，熟悉。可我身后的世界却那么疯狂，那么荒诞！我安慰自己，那些事绝不可能发生。

或许，我是个秉性独特之人，不知是否有人与我感同

1 东方街巷（Oriental Terrace）：指萨里郡沃金镇的主干道东方路（Oriental Road）。

身受。有时我会产生一种奇怪的疏离感，令人颇感困扰，就像灵魂出窍，从周围的世界跳脱而出。我仿佛置身于时空之外，超越一切重负与悲愁，从不可思议的遥远之地观察世间万物。那天晚上，这种感觉尤为强烈。这就是我梦境的另一面。

但问题在于，此地一派静谧祥和，而不足两英里开外，死神正肆虐横行，两者反差如此鲜明。煤气厂传来机器运转的声音，电灯也都亮着。我在那群人跟前停下脚步。

“公地那里有什么消息吗？”我问道。

门口站着两个男人和一个女人。

“啊？”其中一个男人转过身来应声说。

“公地那里有什么消息吗？”我又问。

“你不是刚去过那里吗？”男人们齐声反问。

“大家好像都被公地之事弄得晕头转向。”门后那个女人说，“究竟怎么回事？”

“你们没听说过来自火星的人吗？”我问，“来自火星的生物？”

“早听够了，”门后的女人答道，“多谢。”他们三人都笑了起来。

我自觉愚蠢，还很生气。我试图向他们讲述自己的所见所闻，但却力不从心。我说得结结巴巴，他们又一阵哄笑。

“你们会听到更多消息的。”说完，我便往家走。

我面容枯槁地到了家门口，妻子见我这般模样吓了一跳。我走进餐厅，坐下来喝了点酒。待我镇定下来之后，立刻将见到的一切告诉了她。晚餐早已摆上桌，这会儿已经凉了。当我讲述那些事时，谁也没有吃一口。

“我要提一句，”为了缓和我引起的恐怖氛围，我说，“它们是我见过行动最为迟缓的爬行生物。它们也许会守在沙坑中，一旦有人靠近便将其杀死，但它们却无法从沙坑中爬出来……不过它们真是可怕！”

“别说了，亲爱的！”妻子说。她皱着眉头，把手搭在我的手上。

“可怜的奥格威！”我叹道，“想想，他恐怕已经死在那里了！”

对于我所经历的一切，至少我妻子并未觉得难以置信。我见她脸色死一般煞白，便立刻住口不再说下去。

“它们也许会到这里来。”她一遍又一遍地喃喃自语。

我劝她喝点红酒，想让她放宽心。

“它们根本无法动身。”我说。

为了安慰我妻子，也聊以慰藉我自己，我开始反复念叨奥格威曾对我说过的话——火星人绝不可能在地球上栖息生存。我特别强调，重力会给它们造成巨大障碍。地球表面的重力是火星表面的三倍。因此，火星人在地球上的体重会比原先增加三倍，但体力却维持原状。所以对它而言，其躯体如同铅块一样沉重。这的确是普遍认可的观点。例如，翌日上午的《泰晤士报》和《每日电讯报》都坚持这一看法，并且和我一样，忽略了两个明显的干扰因素。

众所周知，地球大气中的含氧量比火星高得多，或者说含氩量低得多（两种表述皆可）。充足的氧气无疑能使火星人精力旺盛，这在很大程度上抵消了体重增加带来的负面影响。另外，我们都忽略了这一事实，火星人掌握着先进的机械技术，必要时它们能够无须借助体力。

可我当时并未考虑到这些变数。因此，据我推断，这些入侵者毫无存活可能。我坐在自家餐桌旁，酒足饭饱，心中颇感踏实，况且我还需要安慰妻子，不知不觉地我勇气倍增，安全感也更强烈。

“它们干了件蠢事。”我一边摆弄酒杯，一边说道，“它们之所以危险，无疑是因为它们感到恐惧，才做出疯狂之举。或许它们本以为地球上不会有生命存在——更不会有智慧生命。”

“一旦事态彻底恶化，”我说，“只需向沙坑中投射一颗炮弹，就能将它们全部消灭。”

不可否认，那一系列事件使我受到强烈刺激，我的洞察力变得异常敏锐。我至今仍清晰记得那张餐桌的模样。粉色灯罩底下，亲爱的妻子正凝望着我，脸上浮现出甜美又略带焦虑的神情。那洁白的桌布上摆放着各种银制和玻璃器皿——

在那个年代，就连哲理作家也有不少小件奢侈品——我杯中紫红色的葡萄酒，如同相片翻印似的历历在目。我坐在餐桌一端，一边嚼着坚果，一边抽着雪茄来调和口感，为奥格威的鲁莽行为而深感痛心，更因火星人的短视胆怯而深恶痛绝。

或许，毛里求斯岛上某只地位显赫的渡渡鸟，也曾在自己的巢穴中自命不凡地议论着一船水手的到来。“亲爱的，明天我们就去把他们全都啄死。”殊不知，那群冷酷无情的家伙正打算猎杀动物为食。

我当时并未意识到，那是我在文明社会里享用的最后一顿晚餐。此后我将面对的，是无数诡异而恐怖的日日夜夜。

第八章　周五夜晚

那个周五发生许多稀奇古怪的事情，而在我看来，其中最不可思议的是，在这一系列即将颠覆我们社会秩序的事件初见端倪之际，人们竟能照常生活得井然有序。倘若你在周五晚上拿出一副圆规，以五英里为半径，围绕沃金镇采沙场画一个圆，我敢保证，圆圈外绝没有一个人的情绪或习惯会因为火星人的降临而受到干扰，除非他们是斯滕特的家属，抑或那三四个骑车人的亲友，或与公地上死去的伦敦人沾亲带故。诚然，许多人都听说过圆筒之事，并将其作为茶余饭后的谈资，但其轰动程度远不及向德国发出最后通牒[1]时那般强烈。

当晚在伦敦，可怜的安德森那封有关圆筒正被旋开的电

---

1 1871年，英国军官乔治·彻斯尼（George Chesney）在政治杂志《布莱克伍德》（*Blackwoods Magazine*）上发表了一篇名为《道廷之役》（*The Battle of Dorking*）的短篇小说，虚构了一场德国入侵英国的战争，标志着入侵文学（侵略小说）这一体裁的出现，在英国社会引起轰动。其背景是1870年至1871年普法战争以后，德意志统一并成为欧洲大陆的新霸主，改变了欧洲的政治格局。

报被判为谣言。他所在的晚报社来电向他求证此事，但并未收到回音——安德森已经遇难——于是决定不刊发号外。

即便在五英里范围之内，绝大多数人也对此漠不关心。正如先前同我对话的那些男女，我已描述过他们的态度。整个地区每家每户吃喝如常，工人们下班后修葺花园，孩子们被哄上床睡觉，年轻人徜徉街巷谈情说爱，学生们端坐案前用功读书。

也许，村镇上已有一些街谈巷议，酒吧里也视其为最新热点话题。时不时有个报信人乃至后续事件的目击者，会引发围观骚动，有人叫喊一声，有人东奔西跑。但概而观之，人们日常工作、吃饭、饮酒、睡觉，仍沿袭千百年来的固有模式，仿佛天上根本就没有火星这颗行星似的。哪怕在沃金车站，或是霍斯尔、乔巴姆等地，情况也不例外。

直至深夜时分，在沃金枢纽站仍有列车往来穿行，铁道上还有火车正在转轨。乘客们或下车或候车，一切都照常进行。有个从城里来的男孩在兜售刊有下午新闻的报纸，打破了史密斯书店的垄断经营。从车站那边传来车轮碰擦轨道的轰鸣声，夹杂着发动机刺耳的汽笛声，与人群中“火星人来了”的呼喊声交织在一起。大约九点光景，兴奋的人群冲进车站，还带来不可思议的消息，但并未掀起任何波澜，人们只当是醉汉在胡言乱语。一列火车正疾速驶向伦敦，乘客们透过车窗向远处的黑暗张望，只看见霍斯尔的方向有一团异乎寻常的火光在摇曳，若隐若现。星辰之间闪过一道红光，笼罩在一片薄烟之中。然而，人们并未给予高度重视，至多以为是石楠树丛着火的缘故。唯有在公地的边缘地带才能感受到一丝骚动的迹象。沃金镇边界处，有六七栋别墅已深陷火海。三座小镇靠近公地一侧，家家户户都亮着灯，人们彻夜未眠。

一群心怀好奇之人徘徊于乔巴姆桥和霍斯尔桥上，显得焦躁不安。任凭人来人往，但人群始终没有散去。事后人们发现，有一两个爱冒险的家伙趁着夜色爬到离火星人很近的地方，不过他们再也没能回来，因为时不时会有一束光线掠过公地，如同军舰上的探照灯，但热射线会紧随其后。除此之外，空旷的公地万籁俱寂，荒无人烟。焦黑的尸体散乱地躺在公地上，在星空下搁置一宿，第二天也仍在那里。许多人听见沙坑里传来敲击声。

现在你应该已大致掌握周五晚上的情况。整个事件的中心就是那个圆筒，它好似一根毒针，扎进我们古老地球的肌肤之中，但毒性尚未发作。在它周围是一片沉寂的公地，有些地方仍冒着青烟。隐约可见一些黑乎乎的东西，横躺在公地各处，姿势极为扭曲。遍地都是燃烧着的灌木丛和树林。公地外围站着一群激动不安的人，烈火还未蔓延至更远处。在世界其他地方，生活的长河仍以其亘古不变的方式缓缓流淌。而那即将堵塞血脉、抑制神经、摧毁大脑的战争热症，尚处于潜伏阶段。

整整一夜，火星人一刻不停地在敲打翻动，不眠不休，不知疲倦地调试着它们的机器，时不时会有一股白中泛绿的青烟升腾而起，飘向星空。

大约十一点钟，一支士兵连队穿过霍斯尔，沿着公地外围驻军，形成一道封锁线。不久，另一支连队穿过乔巴姆，在公地北侧部署阵营。英克曼军营的几位军官已于当天早些时候抵达公地，其中一位名叫伊顿的少校据悉已经失踪。午夜时分，该军团的上校赶到乔巴姆桥上，忙着向围观群众询问情况。军方显然已经意识到事态的严重性。翌日上午的报纸会如是报道：十一时许，卡迪根军团一支轻骑兵中队，携带两挺马克沁重机枪，并率领约四百名士兵，已从奥尔德肖特进军。

午夜刚过不久，在沃金镇彻特西路上，围观人群看到一颗流星从天而降，坠落在西北方向的松树林中。只见流星曳着绿光，划过一道无声的光亮，如同夏日里的闪电。这是第二个圆筒。

第九章　战斗打响

在我记忆中，那个周六是个焦虑不安的日子，也是困倦不堪的一天。天气又热又闷，听说气压也起伏不定。妻子早已酣然入梦，而我却始终难以入眠，便早早起身。早餐前，我来到花园里驻足聆听，可公地那边并无任何动静，唯有一只云雀在啼鸣。

送奶工照常登门而至。我听见他的马车发出的吱嘎声，于是绕到侧门向他打听最新消息。他告诉我，士兵们夜里已将火星人团团包围，大炮也即将运抵。接着，熟悉的声音从耳边传来，这着实给人慰藉——一列火车正往沃金镇驶去。

“若非万不得已，”送奶工说，“军队不会杀死它们。”

我见邻居在花园里劳作，便和他聊了一会，随后就回屋吃早餐。这是一个再平常不过的早晨。我的邻居认为，军队当天即可将火星人一网打尽，甚至将它们悉数歼灭。

“它们丝毫不让人靠近，真是遗憾。”他说道，“真想知道它们在另一个星球上是如何生存的，兴许我们还能学有所获。”

他走到篱笆旁，递给我一捧草莓。他对园艺热情有加，成果也颇为丰硕。与此同时，我还从他那里得知拜弗利特高尔夫球场附近的松树林着了火。

“据说，”他表示，“又有个该死的‘物体’坠落在那里——圆筒二号。当然，一个已经足够多了。待一切全都了结之后，保险公司恐怕要赔上一大笔钱。”说着，他大笑起来，露出一副幽默感十足的神情。他告诉我，树林仍在燃烧，并指着一团烟雾给我看。“松针洒满一地，草皮又那么厚，滚烫的地面看来还得热一阵。”他说。随后，他谈起“可怜的奥格威”，变得严肃起来。

早餐过后，我并没有着手工作，而是决定去公地走一圈。铁路桥下，我看见一群士兵——我猜他们应该是工兵。只见他们头戴小圆帽，脏兮兮的红色外套纽扣敞开，露出里面的蓝色衬衫。他们身着深色长裤，脚上套着长靴，鞋帮高及小腿肚。他们告诉我，任何人都不得越过运河。我沿着通往大桥的路望去，看见一个卡迪根军团的士兵在放哨。我和这些工兵们聊了一会，向他们讲述前一天晚上遇见火星人的情景。他们都没见过火星人，几乎一无所知，因而争相向我提问。他们表示并不知晓究竟是谁在调动军队，原以为是皇家骑兵卫队内部分歧而导致的一切。普通工兵的受教育程度远比一般士兵要高。他们讨论着可能发生战斗的特定条件，颇具洞见。听完我对热射线的描述，工兵们便相互争辩起来。

“依我看，应该找个遮蔽物作掩护，慢慢朝它们爬过去，接着再来个突然袭击。”一个工兵说。

“见鬼去吧！”另一个回应道。“有什么遮蔽物能抵挡热射线？早把你烤熟了！我们应当尽可能利用地形靠近它们，然后挖条壕沟。”

“什么壕沟！你就知道挖壕沟。你怎么不去当只兔子，斯尼皮。”

“它们没有脖子，是吗？”第三个人突然问。他身材矮小，肤色黝黑，正抽着雪茄，一脸沉思的模样。

我又再次描述了一番。

“章鱼，”他说，“姑且叫它们‘章鱼’。所谓‘得人如得鱼[1]’——我们这次真是‘杀鱼如杀人’了！”

“杀这样的野兽算不上杀人。”第一个工兵又说。

“为何不直接开炮将它们击毙？”那个黑皮肤的小个子说。

“谁知道它们会不会惹是生非。”

“到哪里找炮弹？”第一个人问，“根本来不及。听我的，速战速决，立刻行动。”

他们就这样讨论着。听了一会儿，我便同他们告别，继

---

1 “得”句引自《圣经·新约·马太福音》第4篇第19节：“耶稣对他们说：‘来，跟从我！我要叫你们得人如得鱼一样。’”

续向火车站走去，想要将能买到的晨报全都买来一读。

不过，我不打算再赘述那个漫长的早晨，以及更为冗长的下午发生的事，以免诸位读者感到厌倦。我还没机会看一眼公地上的情形，因为就连霍斯尔和乔巴姆的教堂尖顶也都已被军方所控制。同我说话的那群工兵一无所知，军官们则忙里忙外，显得神秘兮兮。我发现，自从军队进驻之后，镇上的居民心里踏实许多。我从烟草商马歇尔那里第一次得知，他儿子也死在公地上。士兵们已让霍斯尔郊外的居民全都锁上家门，赶快撤离。

大约两点钟，我回到家中吃午饭。如先前所言，那天实在闷热不堪，因而我感到身心疲惫。为使自己保持清醒，我下午时洗了个冷水澡。四点半时，我去火车站买了份晚报，因为晨报上有关斯滕特、亨德森、奥格威等人遇害的报道都语焉不详。可是晚报上也没多少值得我掌握的新信息。火星人丝毫没有露面。它们似乎在沙坑中忙碌不已，敲击声此起彼伏，几乎始终可见袅袅烟雾。显然，它们正在忙着备战。报章上皆是这番千篇一律的套话："向火星人再度释放信号，但未获回音。"一位工兵告诉我，信号是由一个站在壕沟里的人发出的，那人手执长杆，上面挂着旗帜。火星人对此却无动于衷，正如我们不会理睬母牛的叫唤一样。

我得承认，眼前武器装备之丰富，备战场面之积极，令我激动万分。我的好胜之心变得越发强烈，继而幻想着击败入侵者的种种方式。少年时代对战争和英雄主义的向往，再次涌上我心头。在我当时看来，这根本就不是一场公平的较量。因为火星人守在沙坑中，似乎孤立无援。

三时许，耳边传来阵阵炮声，时断时续，极有规律，不知来自彻特西还是阿德尔斯通。我听说，炮火轰炸现场，正是第二个圆筒坠落的那片松树林，军队计划在圆筒打开前将其摧毁。然而直到五点左右，第一门野战炮才运抵乔巴姆，用以对付首批降临的火星人。

约六点钟时，我和妻子坐在凉亭里喝茶，兴致勃勃地谈论起这场即将来临的大战。我听见公地那边响起沉闷的爆炸声，一串激烈交火随即而来。紧接着是一阵剧烈的撞击声，距离我们很近，连大地都为之震动。我赶忙起身直奔草坪，看见东方学院附近的树梢上浓烟四起，燃起熊熊烈焰，旁边那座小教堂的尖塔坍塌在地，已成废墟。清真寺的尖顶也消失了，而学院楼顶的轮廓线则像是遭受过百吨级重炮的轰炸。我家一根烟囱也似乎被炮火击中，碎片四溅，其中一块沿屋顶瓦楞砰然滚落，掉在书房窗边的花坛中，摔成一堆红砖残片。

我和妻子站在那里，吓得目瞪口呆。我顿时意识到，既然学院这道屏障已被一扫而空，那么梅伯里山顶即将暴露在火星人热射线的射程之内。

想到这里，我一把抓住妻子的手臂，不顾一切地拉着她飞奔到大路上。接着，我把用人也拖出家门。她叫嚷着要带上她的箱子，我告诉她会亲自上楼帮她去取。

“我们不能再待在这里。”我说。说话间，公地上再次响起一阵炮火声。

“可是我们要去哪里呢？”妻子惊恐地问道。

我愣在一旁，陷入沉思。突然，我想起她有个表姐住在莱瑟黑德[1]。

“莱瑟黑德！”我高声喊道，竭力盖过骤然响起的嘈杂声。

她将视线从我身上移开，转而朝山脚下望去。只见人们惊慌失措，纷纷逃出家门。

“我们怎么去莱瑟黑德呢？”她又问道。

我望见山下有一群轻骑兵从铁路桥下穿行而过。其中三人向东方学院敞开的大门飞奔而去，另两人下了马，开始挨家挨户地来回跑动。太阳透过烟雾缭绕的树梢照耀大地，赤红如血，世间万物都笼罩那古怪的光芒之中。

“待着别动，”我说。“这里很安全。”说着我立刻朝斑点犬旅店寻去，我知道店主有一匹马，还有一辆双轮马车。我意识到，山这边的人们很快都会逃走，于是跑了起来。我在酒吧里找到店主，他对屋后发生的一切毫不知情。

1 莱瑟黑德（Leatherhead）：萨里郡城镇，位于沃金镇以东约十英里处。

有个人背对我站着，正和他说话。

“得给我一镑，”店主说，“而且不带车夫。”

“我给你两镑。”我隔着那个陌生人的肩膀喊道。

“干吗？”

“午夜之前我就还车，”我说。

“天哪！”店主叫了起来。“怎么会这么着急？我卖的可不是什么好车。你竟然出两镑，而且会还回来？究竟出了什么事？”

我匆忙向他解释一番，表示我得离家出门，因此来借马车。我当时觉得，店主并不用急着撤离，情况还未急迫至此。于是，我赶紧拴好马车，随即赶到路边停下。我让妻子和用人看好车，径直冲进屋里，将银质餐具之类的贵重物品打包带好。就在这时，屋子外的山毛榉树燃起火来，将路边的围栏映照得通红。正当我忙着收拾之时，一个下了马的轻骑兵跑上山来。他正挨家挨户地催促人们赶紧撤离。我抱着桌布包裹的家当从前门出来时，他还在往山上跑。我冲着他的背影喊道：

“有消息吗？”

他转过身来，盯着我嚷了一句，好像在说“坐着形状像盘盖的东西爬出来”这样的话，接着又朝山顶那栋房屋的大门跑去。突然，山路上飘来一股黑烟，一时间遮住了他的身影。我跑到邻居家门口——尽管我早已得知夫妇俩去了伦敦，仍敲了敲门，确认他们已锁上家门离开。我先前答应用人帮她取回箱子，因而再次回到家中，拖出箱子拉到车尾，一抬手放在用人身边。随后，我勒紧缰绳，跳上马车，坐在妻子身旁车夫的座位上。不一会儿，我们便将浓烟与喧嚣甩在身后。我驾着马车，冲下梅伯里山背面的斜坡，向沃金老城飞驰而去。

眼前阳光明媚，一派静谧景象。前方道路两侧全是麦田，梅伯里旅店的招牌正来回摇晃。我看见医生的马车就在前面。我从山下回望来时的山路：只见浓烟弥漫，漆黑一团，夹着赤色火光，升入寂静的天空，在东边青翠的树梢上投下深邃的暗影。烟雾早已向东西两侧蔓延——向东直至拜弗利特松林，向西则远及沃金镇。路上人影斑驳，全都朝我们这边跑来。只听机关枪砰砰作响，旋即又静了下来，接着响起步枪时断时续的噼啪声。那声音极其微弱，但由于天气闷热，毫无一丝风，因而又清晰可辨。显然，火星人正使用热射线，朝着射程之内的一切开火。

我对驾驶马车并不在行，因而不得不集中注意力，看好那匹马。等我再次回头望去，黑烟已被另一座山挡住。我用鞭子奋力抽打马匹，直到我们穿过沃金和森德，远离那片动荡不安之地，才敢放松缰绳。在从沃金到森德的路上，我赶上了医生的马车，并且冲到他前面。

第十章　暴风骤雨

莱瑟黑德距离梅伯里山约十二英里。佩尔福德郊外，芳草青葱，连空气中都弥漫着干草的清香。道路两侧的篱墙上爬满野蔷薇，显得娇艳甜美。正当我们驾着马车从梅伯里山上下来时，那阵骤然爆发的猛烈炮火，却戛然而止，令夜晚显得格外寂静祥和。一路上平安无事。九点钟左右，我们终于抵达莱瑟黑德。我与表姐一家共进晚餐，并将妻子托付给他们照料。在此期间，那匹马也正好休息了一个小时。

在来的路上，妻子出奇地沉默，似乎因某种不祥的预感而倍感压抑。于是我安慰她说，火星人由于受到重力束缚，根本无法离开沙坑，顶多也仅能爬动一点距离。可她只对我“嗯”了一声。若非我承诺旅店老板当天还车，恐怕她必定会劝我当晚在莱瑟黑德留宿一夜。我要是留下该多好！我仍记得分别时她那苍白的脸色。

对我而言，这一整天都令我亢奋不已。某种别样的情绪在我血液中翻腾，与文明社会中所偶见的战争狂热颇为相似。我内心深处并不为当夜必须赶回梅伯里而感到沮丧。我甚至还担心，最后听见的那一连串炮声是否意味着火星入侵者已被彻底消灭。假如要描述一番我当时的心情，可以说——我正迫不及待地想亲眼见证它们究竟如何被击毙。

待我启程返回，已是夜里将近十一点，天色格外暗沉。我穿过表姐家灯火通明的门廊走出来，顿感屋外漆黑一片，亦如白天一样闷热无比。头顶上空的云朵不断飘移，然而四周的灌木丛却不见一丝风的痕迹。表姐家的用人点亮两盏灯为我照明。幸好，我对路况了如指掌。妻子立在门厅前的灯影下，目送我跳上马车。随即她便转身进屋，只留下表姐夫妇肩并肩站着，向我挥别致意。

起初，我受到妻子恐惧心理的影响，情绪有些低落。但很快我的思绪便转到了火星人身上。彼时，我对夜晚的战况还一无所知，甚至连冲突的起因也不得而知。当我途经奥克姆时（我回程中改道，没有选择森德和沃金老城那条路），望见西边的天际染上一道血红的亮光。等我向它靠近的时候，这道红光仿佛也缓缓向高空延伸。翻滚的雷暴云团正逐渐聚积，与大片泛着火光的黑烟交织在一起。

里普利街空无一人，除了一两扇窗户亮着灯光，这里简直毫无生机可言。不过，在通往佩尔福德的路口，我差点撞上人：一群人背对着我站在那里。我擦肩而过时，他们并没有吭声。我不知道他们对山那边的事情有何了解，也不清楚一路上那些房屋为何寂静无声，房主是否安然入睡？还是已弃屋而逃，屋内空空如也？抑或备受折磨，正在恐惧中守夜？

从里普利出发，直至穿过佩尔福德，我一直都在威伊山谷中赶路，因而看不见那道红光。等我爬过佩尔福德教堂背后那座小山坡，红光再度进入我的视野。暴风雨即将来临，我周围的树木开始震颤起来。随后，我听见身后的佩尔福德教堂传来午夜钟声。不一会儿，梅伯里山的阔影便映入我的眼帘，在红光的映照下，那层层树梢和屋檐显得分外黝黑。

正当我看得入神，一道诡异的绿光照亮了四周的道路，令远处面朝阿德尔斯通方向的树林也显现出来。我感到缰绳猛地一紧。只见一束冒着绿色火焰的光线，将那翻滚的游云彻底劈开，瞬间照亮混沌的云团，并坠落在我左边的田野上。那是第三颗“流星”！

刹那间，风雨欲来的雷暴云团迸发出第一道闪电，在夜幕中呈现炫目的紫光，雷声恍如火箭升空似的在头顶炸响。马儿咬紧口衔，向前狂奔。

我驾着马车沿梅伯里山往下走，一道缓坡直通山麓，马蹄声咔嗒作响。第一道闪电乍现之后，又是一连串电光闪烁，此起彼伏，我从未见过如此频繁的闪电。雷鸣接踵而至，伴随着古怪的噼啪声，听起来不似平日里犹如炸裂般的回响，倒更像是一台巨型电机运转时那种轰鸣声。闪电飞光，令人头晕目眩。当我冲下山坡时，一阵细密的冰雹直冲我劈头盖脸地袭来。

刚开始，我只顾眼前的山路，无暇理会其他。突然，有个物体从梅伯里山另一面山坡飞驰而下，引起了我的注意。起初，我以为那是被暴雨冲垮的屋顶，但在一道又一道闪电的映照下，我发现它在疾速翻滚。眼前的景象令人捉摸不定——时而是无边的黑暗，不久又闪电迸现，亮如白昼，山巅附近一座孤儿院显现出红色阔影，松树林翠绿的树梢若隐若现，而那个不知为何的物体，在我眼中也变得清晰可辨。

我确实看见了它！该如何描述呢？那是个形似三脚架的怪物，比楼房还要高，迈着大步越过一片小松林，所到之处松树都被踩倒在地。那是个会行走的金属机器，闪闪发亮，正穿过石楠树丛。一根根节状钢条从它身上垂落，一路上晃荡着叮当作响，与雷鸣声交织在一起。一道闪电划过，它的身影顿时分外鲜明。只见它一只脚着地，另两只脚在空中摇摆，然后又消失了。转瞬之间，又是一道闪电，它再次显露出来，距离我比先前靠近一百码。你能否想象一把挤牛奶用的椅凳东摇西摆，沿着路面疾速前行吗？这就是电光频闪之际我所留下的印象。只不过，这并非挤奶凳，而是一台由三脚架支撑的巨型机器。

忽然之间，我眼前的松树林被一分为二，像是有人将纤弱的芦苇丛强行推倒似的。树枝被猛然折断，纷纷向前倒塌在地。此时，又出现一头三脚怪，仿佛正朝我直扑过来。而我却驾着马车，向它飞奔而去！见到这怪物，我顿感惊慌失措。我用力勒紧马头，向右掉转方向。刹那间，车轴轰然断裂，马车倾翻在马匹身上，我从车身侧面被甩了出去，重重跌在一湾浅水洼中。

我几乎立刻起身，躲在一簇金雀花下，匍匐着爬出水潭，双脚还在水里。那匹马躺在地上，一动不动。（可怜的家伙，它的脖颈折断了！）电光闪烁之际，我看见马车倾翻在地，漆黑一团，车轮依然在缓缓旋转。刹那间，那台巨型机械装置与我擦肩而过，径直上山朝佩尔福德走去。

我走近一瞧，那东西的确古怪异常，绝非一架死气沉沉的机器兀自行走。当然，它确实是机器，走起路来发出金属碰撞时的哐当声，那细长而柔软的触须，正闪闪发亮（其中一条还抓着一棵幼小的松树），在它怪异的身躯周围挥舞摇摆，当啷作响。它一边大步迈进，一边向前探路，顶部戴着铜质头罩来回晃动，不免令人想到这是颗脑袋在四处张望。在它身后是一块巨型白色金属，像是超大版的鱼篓。这怪物从我身边掠过时，肢体关节处不断喷射股股绿烟。一眨眼，它竟不见了。

这就是我当时所目睹的一切。由于闪电频现，时而强光刺目，时而黑影重重，令我的视线变得一片模糊。

怪物经过之时，欢呼着发出一阵号叫，声音震耳欲聋，连雷声都淹没其中——“啊噜！啊噜！”——片刻间，它已在一英里开外与同伴会合，双双俯身在田野中查看什么东西。我敢肯定，它们从火星上朝地球发射过十个圆筒，那

“物体”便是其中的第三个。

我躺在雨水中观察良久，周围一片漆黑。忽明忽暗的闪电映照下，我透过篱墙上方，看见金属怪物在远处来回走动。此时，天降冰雹，时断时续，怪物的身影也越发模糊起来。闪电时而停歇，暗夜将它们的身影吞没殆尽。

头顶冰雹，脚踩水洼，弄得我浑身都湿透了。我惊慌不已，一时间不知所措。过了很久，我终于挣扎着爬到水洼边的干燥处，方才意识到危险已迫在眉睫。

不远处有一间小木屋，四周是一片菜园，种植着马铃薯。我终于挣扎地站起身，弓着腰，尽可能掩护着自己向木屋跑去。我拼命敲门，却无人应答（恐怕根本没有人在）。很快便放弃了。我一路上都在利用沿途的沟渠，因而并未被金属怪物们发现，最后成功爬到通往梅伯里的松树林。

在松树林的掩护下，我继续朝家里赶路，全身湿透，瑟瑟发抖。我在林间穿行，试图寻找那条小径。此时，闪电已不再如此频现，树林里于是变得漆黑一团。冰雹倾盆如注，透过繁枝密叶的间隙倾泻而下。

倘若我当时明白这一切究竟意味着什么，就该立刻动身穿过拜弗利特，前往科巴姆巷，然后回到莱瑟黑德我妻子身边。然而，我深感周遭太过诡异，身体也糟糕透顶，因此那天晚上我并没有这么做。遍体鳞伤、浑身湿透的我，只感到无限的疲惫，电闪雷鸣令我耳聋目瞑。

我脑海中浮现出一个模糊的念头：我应当回到自己家中。这给予我极大的动力。我跌跌撞撞地走进树林中，不慎摔倒在水沟里，又在木板上撞破膝盖，最终被“冲进”通往军事学院[1]的小巷中。我之所以说“冲进”，是由于暴风雨将山上的泥沙纷纷冲刷而下，汇聚成一道泥泞的湍流。黑暗之中，有人踉跄着撞在我身上，我不由得后退几步。

他惊恐地大叫一声，纵身往旁边一跃。我尚未回过神来和他说话，他就已经跑远了。这里的暴风雨相当猛烈，我费尽全力才爬上山。我紧贴着左侧的篱墙，沿着围栏的方向往前走。

快到山顶时，我被某种柔软的东西绊了一跤。借着一道闪电，我发现脚下有一堆黑色的呢绒衣物和一双皮靴。还没等我看清地上那人的模样，闪电便已消失。我伫立在那里，等待闪电再次来临。空中又出现一道闪电，这回我终于看见那是个健壮的男人，衣着朴素，但还不算破烂。他的脑袋歪在身下，扭曲的四肢靠在篱墙边，仿佛曾被人用力猛摔在围栏上。

我从未碰过死尸，不由得感到一阵恶心。我强忍内心的厌恶，弯下腰将他翻过身来，试探他是否还有心跳。他确实已经死了。显然，他的脖颈折断了。第三道闪电降临，他的

1 军事学院（College Arms）：梅伯里附近的一个酒吧。已于2007年关闭。

脸顿时映现在我面前，我吓得跳了起来。那人正是斑点犬旅店的老板，我的马车就是问他借的。

我小心翼翼地从他的尸体上跨过，继续向山上前行。一路上我经过警察局和军事学院，径直朝家里走去。山上的大火早已熄灭，不过公地那边仍见火光，一阵浓烟泛着赤红的火焰，迎向劈天盖地的冰雹，在空中翻滚。电光闪现时，我向四周张望，大多数房屋都完好无损。军事学院旁边的路上有一团黑影。

此时，通往梅伯里桥的路上传来人们的喧哗声和脚步声，可我连呼喊的勇气都没有，也不敢跑上前去。于是，我拿出钥匙打开家门，进屋后关上门，将其锁好，并拴上门闩。我步履蹒跚地走到楼梯跟前，坐下身来。我满脑子尽是那些金属怪物大步流星的身影，还有那具撞在篱墙上的死尸。

我背靠着墙蜷缩在楼梯口，浑身战栗不已。

第十一章　窗前景象

先前我曾提过，我的情绪波动强烈，但奇怪的是，我总能自行平复。坐了一会儿，我感到全身又冷又湿，原来楼梯口的地毯上积起一洼水潭。我木讷地站起身，走到餐厅喝了几口威士忌，然后去换衣服。

更衣之后，我便上楼朝书房走去，可我并不明白我为什么要去那里。书房的窗户正对着通往霍斯尔公地的树林和铁路。先前我们离开得匆忙，没有关上这扇窗户。走廊里昏暗无比，在窗外景色的反衬下，屋内更显得漆黑一片。我在过道上停留了一会儿。

雷暴雨已经过去。东方学院的尖塔和四周的松树林都已不见了。在通红的火光映照中，远处采沙场周围的公地清晰可辨。透过光线，我看到许多奇形怪状的巨大身影在来回不停地忙碌着。

在那个方向，看似整片地区都在燃烧——宽阔的山坡遍地是微小的火苗，在渐次减弱的暴风雨中晃动摇曳，将空中疾速飘荡的乌云映得通红。每隔一段时间，附近着火的地方就会冒出一阵浓烟，从窗前飘过，遮住火星人的身影。我无法看清它们在做什么，也难以辨别它们的模样，更不知道它们忙着摆弄的黑色东西究竟是何物。我也看不见近处那些火苗，唯见舞动的火光倒映在书房的墙壁和天花板上。空气中弥漫着一股树脂烧焦的刺鼻气味。

我悄悄关上房门，蹑手蹑脚地走到窗边。顿时，我的视野开阔起来。窗外一侧可以望见沃金车站附近的住宅，另一侧能看到烧得焦黑的拜弗利特松林。山下拱桥附近的铁路上有些许亮光，梅伯里路和车站附近的房屋都已成废墟，火光灼烈。起初，铁路上的光亮令我疑惑不解，只看见一堆黑乎乎的东西，光芒分外耀眼，右边还有一排黄色方盒。后来我才明白，那是一列失事的火车，车身前半部分已被撞得粉碎，火焰正熊熊燃烧，后面的车厢仍滞留在铁轨上。

起火的房屋、燃烧的铁路，以及乔巴姆方向那块冒烟的平地，是三处火光最为集中的地方。三者之间是一片形状不规则的原野，夹杂着微光和烟雾，显得支离破碎。焦黑的大地广袤无垠，火焰四起，此情此景显得尤为怪异。这一切使我联想起陶都的夜景。虽然我竭力寻找行人的踪迹，却连一个人影也没遇到。后来，我终于在沃金车站的光线映照下看见了一群漆黑的人影，他们正一个接一个地匆匆穿越铁路。

这就是我安居多年的小小世界，如今已成混沌火海！我仍未弄清过去七个小时里究竟发生了什么事。我虽然已有所猜测，但还不敢肯定眼前这些巨型机械怪物与先前那些爬出圆筒的迟钝笨拙的物体有什么关联。我怀着一种毫无偏见的奇特感觉，将椅子搬到窗前，坐下身来，凝视着这片焦黑的大地，尤其是采沙场附近那三个在火光中忙碌的庞大黑影。它们似乎忙得不可开交。我暗自思忖，它们究竟是谁呢？难道是智能机器人吗？我觉得不太可能。抑或是，火星人各自坐在机械装置内操作指挥，如同人脑可以控制四肢一样？于是，我将它们与人造机器相比较，平生第一次向自己提出这样的问题：那些智力低下的动物会如何看待装甲舰和蒸汽机呢？

暴风雨后，天空清澈无比，燃烧的大地升腾起缕缕青烟。烟雾之上，火星逐渐暗淡的光点正向西边下沉。这时，一名士兵来到我的庭院。我听见篱墙边传来轻微的响动，顿时将我从睡意蒙眬中唤醒。我向楼下望去，只见他模糊的身影正在翻越围栏。人类同胞的出现使我困意全无，我赶忙侧身探出窗外。

“嘘！”我轻声唤道。

他停下身，横跨在围栏上，一脸迷惑。接着，他翻过篱墙，从草坪穿过，走向房屋一角。他弯着腰，蹑手蹑脚地前进。

“谁在那里？”他也轻声问道。他站在窗下，抬头张望。

“你要去哪儿？”我又问。

“天知道。”

“你是想躲起来吗？”

“是啊。”

“到屋里来吧。”我说。

我走下楼，打开门招呼他进屋，再重新将门锁好。我看不清他的面容。他没戴帽子，衣服也未系纽扣。

“天呐！”我拉他进门时，他如是叹道。

“发生了什么事？”我问。

“还能出什么事？”昏暗中，我依稀看见他做了个绝望的手势，“我们全都被它们消灭了——彻底消灭了。”他口中反复念叨着。

他跟在我身后，走到餐厅。

“喝点威士忌。”我说着，给他斟上一杯烈酒。

他一饮而尽。随后，他突然在桌前坐下，低头趴在臂弯之间，开始抽泣起来，像个孩子，哭得分外伤心。而奇怪的是，我竟然已将刚刚亲历的绝望抛诸脑后，站在他身旁，心中满是疑惑。

过了好久，他才镇静下来答复我的问题。可他回答起来支支吾吾，令人费解。原来他是炮兵部队的驭手，大约七点时才投入战斗。那时，公地上正展开交火，据说第一批火星人借由一面金属盾牌做掩护，慢慢朝第二个圆筒移动。

后来，这面金属盾牌摇晃着从三条支脚上立起来，变成我先前遇见的第一台战斗机器。在霍斯尔附近，这名士兵运送的那门大炮从车上被卸下，准备用来轰炸采沙场。大炮的到来加剧了事态变化。当前车炮兵们移步到车身后方时，他的马踩进一个兔子洞，随即跌倒在地，将他甩入一块凹陷的地面。就在这时，大炮在他身后炸响，弹药瞬间被引爆。四周火光冲天，他发现自己正躺在一堆烧焦的尸体和死马下面。

“我躺着一动不动，”他说，“简直吓得魂飞魄散，身上还压着一匹马的前半身。我们全被消灭了。那股气味——天呐！就像烧焦的肉！我从马上跌落时摔伤了后背，只得躺在原地，等疼痛缓解才能起身。一分钟前我还像参加阅兵式似的——接着我就摔倒下来，嘭的一声，嗖嗖作响！

“全被消灭了！”他如是说。

他在那匹死马身下躲了很久，悄悄窥视着公地上发生的一切。卡迪根军团试图组织一场冲锋行动突袭沙坑，但最终被杀得片甲不留。怪物站起身来，不慌不忙地在公地上东游西荡，在几个逃兵之间转悠。它顶着形似脑袋的头罩，就像是个蒙面人。它所谓的胳膊上，装载着一个精致的金属盒，周围闪烁着绿光。盒子上还有个漏斗状的喷嘴，热射线就来源于此。

几分钟后，在这名士兵的视野范围内，公地上已无人生还。而四周的灌木丛和树木不是已成枯枝焦叶，就是正被烈火焚烧。轻骑兵都驻守在弧形坡道的另一端，因而他并未瞧见士兵们的身影。他听见马克沁机枪一阵扫射，随即又安静下来。直到最后，这头巨怪才将目标对准沃金车站及其周围的房屋。过了不久，热射线启动，整座城镇遂成一片废墟，火海茫茫。后来，那怪物关闭了热射线，转过身背对着这名炮兵，一路蹒跚着朝余火未尽的松树林走去，那里正藏着第二个圆筒。就在此时，第二头浑身闪亮的巨怪从沙坑中站起身来。

第二头怪物紧跟在第一头身后。这名士兵见状，小心翼翼地爬过炙热的石楠树灰烬，向霍斯尔的方向挪动。终于，他爬到路边的水沟里，侥幸活着逃往沃金镇。说到这里，他一下子亢奋起来。那个地方根本无路可走。似乎还有人存活着，但绝大多数已丧失心智，还有许多人被烧伤或灼伤。他被火焰逼退到一边，并趁一只火星巨怪归来时，躲进一堆近乎烧焦的断壁残垣之间。他看见怪物正追赶一个人，用它钢铁般的触手一把拎起那人，将其脑袋朝松树干上猛撞。入夜时分，这名炮兵终于逃了出去，冲过铁道路堤。

从那以后，他便一路东躲西藏，向梅伯里行进，指望着抵达伦敦就能脱离险境。人们纷纷藏在壕沟和地窖中，许多幸存者都逃往沃金和森德两地。路上，他感到口渴难耐，后来总算在铁路桥附近发现一根被炸裂的供水总管，自来水如清泉般喷涌而出，在地面流淌。

以上就是我从他那里得知的情况。他向我娓娓道来，情绪也随之慢慢平静下来，尽可能将目睹的一切都讲给我听。他刚开始叙述时就告诉我，从中午到现在，他连一口饭都没吃过。我在食品储藏室找到一些羊肉和面包拿回屋里。我们不敢开灯，生怕引起火星人的注意，因而只得摸着面包和羊肉吃，不免会碰到对方的手。说着说着，周围的一切从黑暗中隐约显现出来，窗外被踩倒的灌木丛和折断的蔷薇树也变得清晰可见，像是有许多人或者动物从草坪上穿过似的。我逐渐看清他的面容，脸色暗沉，憔悴不堪，想必我自己也是如此。

吃完以后，我们轻手轻脚地上楼来到书房。我再次朝打开的窗户外望去。一夜之间，整片山谷都已烧成灰烬。火势已逐渐减弱。曾经烈火燃烧之处徒留袅袅青烟，但被夜色笼罩的无数颓垣断壁和枯枝焦木，却在无情的晨曦中浮现而出，荒凉可怖。不过，仍有些东西得以幸免于难，零星散布在各处——这里是白色铁路信号灯，那里则是花房一隅，在废墟之中显得分外洁白鲜明。在战争史上，从未有过如此不分青红皂白的全面破坏。东方的天际逐渐明亮，三只金属巨怪站在沙坑边，头罩不断转动，仿佛在视察它们营造的荒凉惨象。

在我看来，沙坑似乎有所变大，时而会有阵阵耀眼的绿烟喷泻而出，朝着渐次微亮的晨曦升腾而起——先是向上飘荡，又在空中回旋，接着支离破碎，最后便彻底消失。

远处可见乔巴姆周围火柱林立。破晓之际，火柱遂成烟柱，殷红如血。

第十二章　目睹韦布里奇与谢珀顿的覆灭

天色愈渐明亮，我们离开那扇观察火星人的窗户，悄悄地下楼。

炮兵同意我的看法，认为这栋房子不宜久留。他说自己打算朝伦敦的方向行进，去和他所属的部队会合——骑炮兵第十二连。而我则计划马上动身返回莱瑟黑德。我深知，火星人力大无比，因而决定带妻子前往纽黑文，然后立刻同她逃离这片地区。我已清醒地意识到，在这些怪物被消灭之前，伦敦城周围必将成为腥风血雨的战场。

然而，第三个圆筒就位于此地与莱瑟黑德之间，正由巨怪们看守。倘若我孤身一人，恐怕会冒险穿越这片区域。可炮兵劝阻我说："像你太太这样的贤妻，让她守寡可就太不厚道了。"最后，我答应与他同行。在树林的掩护下，我们一路向北跋涉，直到抵达乔巴姆路才相互道别。然后，我绕道埃普索姆兜了个大圈，接着前往莱瑟黑德。

我本想立刻出发，但我同伴是现役军人，比我更富经验。我按照他的吩咐翻箱倒柜找出一只酒瓶，他往里面灌满威士忌，我们还将所有口袋都装满饼干和肉片。随后，我们悄悄溜出家门，沿着我昨晚回来时那条崎岖不平的山路，拼尽全力飞速冲下山去。周围的房屋似乎都已荒废一空，三具被热射线烧焦的尸体紧挨在一起，横卧在半路上。四处散落着人们遗落的物品：一座钟，一只拖鞋，一把银勺，以及其他一些寻常人家的贵重物品。通往邮局的街角处，有一辆装满盒子和家具的小型马车，马匹已消失不见。车身翻倒在地，全凭那只残破的车轮支撑着。有个钱箱被丢在一堆破烂底下，显然曾被人匆忙砸开。

沿途房屋遭受的损坏并不严重，唯有孤儿院门房还在燃烧。热射线扫过，削去不少屋顶的烟囱。不过，除了我们两人之外，梅伯里山上似乎再无生命迹象。我猜，绝大多数居民已经从老沃金路逃离此地——就是我驾着马车去莱瑟黑德所走的那条路——或者都已经躲藏起来了。

我们沿着巷道下山，半路又见到那个黑衣人的尸体，一夜的冰雹令他浑身湿透。抵达山脚下后，我们随即冲进树林，朝铁路的方向在林中摸索穿行，一路上不见一个人影。铁路对面的树林伤痕累累，烧得焦黑，简直成了一片废墟。大部分树木都已弯折倒地，但仍有些依然矗立着。只见灰暗的枝干上，叶片绿意不再，呈现深褐色。

大火并没蔓延到我们这边，仅仅烧及附近一些树木，而且尚未连根焚毁。在伐木工周六干活的地方，新近砍伐的树木倒在林间空地上，树枝切口还很新鲜，旁边摆放着电锯和机床，锯屑堆积在周围。近旁有一栋临时搭建的木屋，里面空无一人。这天早晨，无一丝风，一切静得出奇，就连鸟儿都不再啼鸣。我和炮兵两人匆匆赶路，彼此只是轻声交谈，还不时回头张望。有一两回，我们还停在原地探听动静。

过了不久，我们快要走到路边时，耳畔传来阵阵马蹄声。透过树干缝隙，只见三位骑兵正缓慢地向沃金镇行进。他们听见我们招呼，便停下脚步。于是我们赶紧跑上前去。这是来自第八轻骑兵团的一位中尉和几位列兵，扛着一个形似经纬仪的立架。炮兵告诉我，那是日光反射信号器。

“你们俩是我今天早晨在这条路上最先遇见的人。”中尉说道，“发生了什么事？”

他语气急切，一副满怀期待的神情。而他身后的士兵也一脸好奇地盯着我们。炮兵跳下路堤，走上前敬了个礼。

“昨天夜里大炮被摧毁了，长官。我一路东躲西藏，设法与连队会合，长官。沿着这条路再走约半英里，我估计，您就会看见火星人的身影。”

“它们长什么鬼样子？”中尉问道。

“穿着盔甲的巨人，长官。有一百英尺高。三条腿和身体似乎是铝制的，还有颗蒙着头罩的大脑袋，长官。”

“滚开！”中尉喝道。“简直一派胡言！”

“您会见到的，长官。它们还拿着一个盒状物，长官，里面射出的火光能将人烧死。”

“什么意思——是炮筒吗？”

“不是，长官。”于是炮兵绘声绘色地将热射线描述一番。说到一半，中尉打断了他的话，抬起头来朝我看。我还站在路边的堤坝上。

“千真万确。”我说。

“好吧，”中尉说道，“我想我也该去看看。听好了，”——他对炮兵说——“我们被派到这里的任务是疏散民众，将他们从家中撤离。你最好继续前进，将你所知的一切向马文准将汇报。他在韦布里奇。你认识路吗？”

“我知道。”我说。他又将马头掉转向南。

“你说有半英里吗？”他问道。

“最多半英里。”我如是回答，然后指着南边的树梢。他向我道谢，接着骑上马继续赶路。我们再也没见过他们。

我们沿路向前走，半途遇见三个妇女和两个孩子。他们正忙着从一栋劳工屋舍向外搬运东西。他们弄来了一辆小型手推车，将脏兮兮的包裹和破旧的家具往车上装。当我们经过时，他们都全神贯注地忙碌着，无暇与我们搭话。

抵达拜弗利特车站之后，我们从松林里钻出身来。整片原野在晨曦中显得静谧平和。在这里，我们已远离热射线的射程范围。有些房屋已被遗弃，徒留一片死寂，而另一些房屋则响起整理行装的翻动声。一群士兵站在铁路桥上，凝神注视着通往沃金镇的轨道。若非上述景象的存在，恐怕这一天就如同平常的周日一样没有什么特别的。

通往阿德尔斯通的路上，几辆农用马车和货运马车正吱呀作响地行驶着。突然，我们透过农场大门望见一片平坦的原野对面整齐地架着六门大炮，可以发射重达十二磅[1]的炮弹。大炮一字排开，间距相同，炮口已瞄准沃金镇方向。炮手们站在大炮旁严阵以待，弹药车也井然有序地停在附近。士兵们原地站定，像是在接受检阅。

“太棒了！”我说，“无论如何，得让它们尝尝炮弹的滋味。”

炮兵站在门口犹豫不决。

“我得继续赶路。”他说。

远处通往韦布里奇的地方，就在桥对岸，有一群穿着白色工装夹克的士兵正筑起一道长长的防御工事，他们身后还架着更多大炮。

“这简直就是在拿弓箭对抗闪电，”炮兵说，“他们还没见识过热射线的威力。”

无所事事的军官们站在一旁，朝西南方的树梢望去。而那些正在挖掘工事的人也时常停下身，往同一个方向张望。

拜弗利特已陷入混乱不堪的局面：众人正忙着收拾行

1 1磅=0.4536千克。

李，二十多名轻骑兵——有的下马步行，有的骑在马上——正催促他们撤离。村镇街道上，有不少车辆正在载客，其中包括三四辆饰有白圈十字标志的黑色公务马车，和一辆旧式公共马车。那里站着好几十人，他们大多严守安息日[1]的礼仪，身着最考究的服装。士兵们使出浑身解数向他们解释形势之严峻，可始终未能奏效。我们看见一位瘦弱的老人，拖着一个巨型行李箱，拿着二十余个种植兰花的花盆，正气冲冲地与一位劝他丢下这一切的下士争辩。我停下脚步，抓起他的胳膊。

“你知道那边出了什么事吗？”我指着那片挡住火星人的松树梢问道。

“出了什么事？”他边说边转过身，“我在和他们解释，这些东西贵重得很。”

“死神！”我大吼一声，“死神来了！死神！”说罢我便撇下老人，前去追赶炮兵。倘若他识时务的话，想必能揣摩出我的用意。行至拐角处，我再次回望他的身影。那名下士已离他而去，可他仍伫立在行李箱旁，迷茫地朝树林的方向凝望。箱盖上摆放着一盆盆兰花。

在韦布里奇，没人能告诉我们司令部究竟位于何处。整座村庄乱作一团，我从未见过如此混乱的景象。到处都是

1 安息日（Sabbath）：也称“圣日”，即犹太历每周的第七日。

货车、客车，车辆和马匹混杂在一起，令人瞠目结舌。居住于此的上流人士正在整理行装，男人们身穿高尔夫球服或是赛艇服，妻子们则衣着光鲜，而河边那些游手好闲之人则起劲地帮助收拾。孩子们也都兴奋不已，多半是由于这个周日的经历非同寻常，实在令他们喜出望外。在如此这般的混乱中，令人尊敬的教区牧师义无反顾地进行晨祷，他手中的铃铛叮当作响，盖过四周这片喧哗。

我和炮兵坐在饮水泉的台阶上，拿出随身携带的干粮，勉强吃了顿饭。巡逻的士兵们——这回不是轻骑兵，而是身穿白色制服的投弹兵——正在警告人们立即撤离。如若不然，一旦战斗打响，就躲进地窖里去。当我们穿过铁路桥时，看见车站里面和四周的人群越聚越多，拥挤的月台上堆满了箱子和包裹。我敢肯定，为了向切特西运送军队和大炮，正常的交通已被阻断。后来我听说，在晚上加开的列车上，人们为了争抢座位而大打出手。

我们在韦布里奇一直待到中午，随后来到谢珀顿水闸附近，那里是威伊河和泰晤士河的交汇处。其间有一阵，我们帮助两位老妇人往一辆小型马车上搬运东西。威伊河有个三岔河口，那里可以租赁船舶，对岸还有一条渡船。而谢珀顿一侧有家旅馆，带有一片草坪。谢珀顿教堂的塔楼——现已被修剪成一座尖塔——就耸立在旅馆背后的树丛中。

我们在这里遇见一群情绪激动、喧闹不休的逃难者。尽管他们彼此争执尚不至于引起恐慌，但打算渡河的人实在太多，早已超过往来船只的承载能力。人们拖着沉重的行李，气喘吁吁地来到这里。有一对夫妇甚至抬着一扇门板，上面堆放着家中各类杂物。还有人告诉我们，他打算从谢珀顿车站逃离。

众人的叫嚷声此起彼伏，甚至有人还在说笑。这里的人们大概以为，火星人只不过是面目可憎的人类而已，它们也许会攻击掠夺城镇，但最终必定会被消灭。人们时不时提心吊胆地朝威伊河对岸观望，瞥一眼通往彻特西的草地，然而那里毫无一丝动静。

除了船舶靠岸的地方之外，泰晤士河对岸万籁俱寂，与萨里郡的景象形成鲜明对比。下船登岸的人们拖着沉重的步伐，沿着小巷前行，消失在视线中。这艘庞大的渡船刚在河里走了个来回。三四名士兵驻守在旅店前的草坪上，注视着这些逃难者，非但不施援手，反而嘲笑他们。旅店已关门歇业，此刻正值宵禁时间。

“那是什么？”一位船夫叫道。“闭嘴，你这个蠢货！”我身旁一名男子冲着一条狂吠不止的狗吼道。然后，那声音再次响起，这回来自彻特西方向，是一声闷响——那是炮声。

战斗打响。转瞬之间，在我们右边的河对岸，一群看不见的部队也加入这场战役之中，炮声此起彼伏。之所以看不见他们，是树林遮挡的缘故。一个女人尖叫起来。所有人都被突如其来的战斗吓得不敢动弹。这场战斗近在咫尺，却了无可见。眼前空空如也，唯见一片平坦的草地，牛群无动于衷地埋头吃草，被修剪过的柳枝在和煦的日光下静静地泛着银光。

“士兵们会抵挡住它们的。”我身旁一位女士说道，但她有些将信将疑。树梢上升起一缕薄雾。

突然，我们发现远处河面上冒出一股浓烟。烟雾腾空而上，高悬在半空。紧接着，脚下的地面剧烈颤抖，只听一声爆炸的巨响在空气中回荡，震碎了附近住宅的两三扇窗户，令我们惊慌失措。

“它们来了！”一个身穿蓝色运动衫的男人喊道。“就在那边。看见了吗？在那边！”

很快，一个，两个，三个，四个身披铠甲的火星人，一个接一个地出现在远处的小树林里。它们穿过这片绵延至彻特西的平坦草原，迈着阔步急匆匆地走向河边。乍看之下，它们像一群戴着头罩的小人，走起路来摇摇晃晃，速度却快如飞鸟。

随后，第五个火星人也摇晃着朝我们而来。它们以横扫一切的姿态，飞速地冲向大炮阵营，身上的铠甲在阳光下闪闪发亮。随着它们步步逼近，身形也愈显高大起来。最左侧那个火星人离我们最远，它高举一只巨大的盒子，在空中挥舞。我周五夜晚所见的那道幽灵般的热射线，正朝彻特西的方向发射，并击中这座小镇。

看到这些诡异可怕、行动迅猛的怪物，河边众人一时之间似乎都吓坏了。没有人尖叫，也没有人呼喊，唯有一片沉默。接着，传来人们嘶哑的低语声和脚步声，以及河水泼溅的声响。有个男人过于惊恐，还未放下肩上的旅行箱，就猛然转身，箱子边角撞得我一个趔趄。一个女人伸手猛地推开我，从我身旁匆匆跑过。我也转过身来，随人群一路狂奔，但我还不至于吓得失去理智。我脑海中浮现出热射线可怕的模样。躲到水里去！这是个办法！

“躲到水里！”我高声嚷道，但无人理会。

我再次转身，向迎面而来的火星人飞奔而去，径直跑到堆满沙砾的河滩，一头钻入水中。其他人亦如是照做。我跑过去的时候，一艘船正在返航，船上的人也纷纷跳了出来。我脚下的石头泥泞不堪，又湿又滑。河水很浅，我大约跑了二十英尺，水位还不及腰深。这时，火星人的身躯高耸在我头顶上方，距离不到几百码，于是我向前飞身一跃，潜入水下。人们从船上跳进河里，溅起阵阵水花，听来恍如雷鸣一般。在河的两边，人们慌乱地下船朝岸上跑。

不过，火星机器人目前根本没有理会四处逃散的人群，就像一个踢翻蚁穴的人，不会在意脚下乱作一团的蚂蚁。我在水中憋得半死，于是抬起头观望，发现那个火星人的头罩，正朝着河对岸仍在开火的大炮。火星人一边向前进，一边挥舞着开启某个东西，想必就是热射线的发射器。

转眼之间，火星人已登上河岸，一步便跨到河中间。只见它最前面两条腿屈膝而弯，伸向远处的对岸，但立刻又站直身躯，一眨眼的工夫便抵达谢珀顿村附近。紧接着，有六门大炮同时开火。大炮被藏在村庄外面，右侧岸上的人都不知道它们的存在。身旁突如其来的剧烈震动，一声接着一声，令我的心怦怦直跳。正当那个怪物举起热射线发射器时，第一枚炮弹在它头顶距离六码的地方炸响。

我一声惊呼。我并未看见其他四个火星怪物，也没去想它们，完全被眼前发生的事件所吸引。与此同时，火星人身旁又有两枚炮弹在空中爆炸，此时它恰好转过头来，顿时避之不及，被第四枚炮弹击中。

炮弹在这怪物脸上完全炸开。头罩当即膨胀变形，火光一闪，顿时开裂，鲜红的血肉和闪亮的金属碎片四处飞溅。

“打中了！”我喊叫起来，像是在尖叫，又像在欢呼。

我听见周围河水中有人应和我的呼喊。我一时兴奋，差点跃出水面。

那个被炸掉脑袋的庞然大物，好似喝醉酒的巨人，可它并没有败倒在地。它奇迹般地重新保持平衡，不再留意自己的脚步，而是挺直身躯，高举那台形如照相机的热射线发射器，跌跌撞撞地向谢珀顿飞奔而去。这个智慧生命——戴着头罩的火星人——已被炸死，血肉四处[1]飞溅，只剩下一具精密的金属装置骨架，正晃动着走向毁灭。这怪物笔直地向前迈进，已经完全失去控制。只见谢珀顿教堂的尖塔被它一头砸得粉碎，恍如遭受攻城锤的撞击。突然，它又转过身来，踉跄着走了几步，顿时轰然坍塌在河里，从我的视线中消失了。

随着一声震天动地的巨响，水柱、蒸汽、泥浆和金属碎片纷纷直冲云霄。当热射线发射盒落水之际，河水瞬间化作蒸汽。不久，一阵巨浪从上游河湾处席卷而来，虽如泥流般浑浊，却热得烫人。我看见人们挣扎着跑向岸边，耳边隐约传来众人的尖叫和呼喊声，似乎比火星人瘫倒时的怒吼咆哮更响亮。

一时半会我并未留意河水的热度，全然忘记应该自我保护。我推开一个身穿黑衣的男人，在湍急的河流中蹚水而行，直到望见河湾之处。六七艘被废弃的船舶在滚滚浪花中漫无目的地颠簸着。我顺着水流的方向望去，看见那个倒下的火星人正横躺在河里，身体几乎都淹没在水中。

1 原文为“four winds of heaven”，意指四面八方。源自《圣经》中有关“四风”的表述，如《圣经·旧约·但以理书》第7篇第2节：“但以理说，我夜里见异象，看见天的四风陡起，刮在大海之上。”

残骸周围升腾着浓重的水汽。透过剧烈翻滚的气团，我能够隐约看见那些巨大的肢体在水中搅动，阵阵泥浆和泡沫在半空飞溅。那触须仿佛人的手臂，来回摇摆拍打。火星人好似受伤的野兽，在浪涛中挣扎求生，然而它们的一举一动显得漫无目的，毫无作用可言。一股股红褐色液体从机械身躯上喷射而出，喧声震耳。

一声啸叫吸引了我，如同工业城镇里的汽笛声，使我的注意力从火星人的垂死挣扎中转移。纤道近旁，有个人站在齐膝深的水中，冲我一边叫喊，一边比画着，可我听不见他的声音。我回头张望，只见其他几个火星人正迈着阔步从彻特西的方向沿河堤而来。这一回，谢珀顿的大炮并未派上用场。

见状，我赶紧钻入水中，屏住呼吸，费力地蹒跚前行。我在水下拼尽全力，每一步都痛苦万分。四周的河水不断翻滚，水温也在迅速攀升。

不一会儿，我探出头来，甩开眼前的头发和水珠，换口气呼吸。只见水汽升腾，白雾缭绕，乍看之下，火星人的身影全都掩映其中。周遭的声响震耳欲聋。后来，我依稀瞥见它们庞大的灰色躯体，在迷雾中更显硕大无比。火星人从我身旁经过，其中两个俯身察看同伴的残骸，周围泡沫翻涌，一片狼藉。

第三和第四个火星人站在旁边的河水中，一个离我约两百码，另一个则面朝拉莱海姆[1]。它们高举热射线发射器，嘶嘶作响的热能束正向四面八方扫射。

空气中充斥着嘈杂的噪声，喧声交错，震耳欲聋——既有火星人行进时的叮当声，也有房屋倒塌的轰隆声，还有树木、篱墙和木棚起火的砰哧声，以及火焰熊熊燃烧的噼啪声。滚滚黑烟腾空而起，与河面散发的水汽交织在一起。热射线在韦布里奇四处扫荡，所及之处顿时闪现炽烈白光，随即化作冒着浓烟的赤焰。附近的房屋仍完好无损地矗立着，等待厄运降临。在水汽笼罩之中，这些屋舍显得影影绰绰，模糊不清，死气沉沉，而背后更是火光摇曳。

我在原地驻足片刻，站在齐胸深的水中，河水几近沸腾。念及自身处境，我感到讶异不已，不再抱有一丝逃生的希望。透过烟雾，我看见与我同在水中的人们纷纷穿过芦苇丛往岸上爬，如同被人追赶的青蛙在草丛中乱窜，还有些人近乎绝望地在纤道上来回奔走。

忽然，热射线发出的白色光束向我袭来。但凡热射线扫荡之处，房屋瞬间坍塌，像被融化似的，随即喷吐火苗，而树木也呼的一声燃起火光。热射线在纤道上四处游移，将东窜西逃的人群吞噬殆尽。接着，热射线移动到河边，离我站立的地方不足五十码的距离。只见热射线掠过河流，往谢

1 拉莱海姆（Laleham）：萨里郡的村庄，位于泰晤士河畔。

珀顿的方向喷射，在水面留下一道沸腾的印痕，冒着缕缕蒸汽。我转身向岸边跑去。

转眼间，一阵滚烫得近乎沸腾的巨浪拍打在我身上。我身体顿时被烫伤，还差点双目失明。我疼痛难耐，不禁大声叫喊。我穿过嗞嗞作响的湍流，跌跌撞撞地爬上岸。倘若我当时绊倒在地，必将一命呜呼。我深感孤立无援，一头栽倒在沙地上。这片沙地位于威伊河和泰晤士河的交汇处，宽阔而又贫瘠，完全暴露在火星人的视线之下。我顿觉自己必死无疑。

我依稀记得，有个火星人在离我脑袋不足二十码的地方徘徊。它的一只触手直插在松软的沙砾中，不断来回摇晃，然后又再次抬起。过了许久，四个火星人抬起同伴的尸骸离开。烟雾笼罩中，它们穿过宽阔的河流和广袤的草地，在我的视线中若隐若现，渐行渐远。此时，我才逐渐回过神来，我竟然奇迹般地死里逃生。

第十三章　遇见牧师

在领教过地球武器突袭的威力之后，火星人撤退至霍斯尔公地，回到它们最初的地盘。它们步履匆匆，加之抬着同伴的尸骸，显然忽视了许多像我这样微不足道的迷途者。倘若它们抛下同伴，继续向前进攻，阻挡它们去往伦敦的唯一防线，就只剩下能够发射十二磅重炮弹的大炮阵营。想必它们会在消息传到首都之前抵达那里。它们的降临将成为一场灾难，令人闻风丧胆、猝不及防，如同一个世纪以前毁灭里斯本的那场地震[1]。

然而，它们并不着急。圆筒接踵而至，完成一次又一次穿越星际之旅，每隔二十四小时就会得到增援。与此同时，陆军和海军当局也已充分意识到对手的强大威力，正在加紧备战。每分钟就有一门大炮部署就位。日落之前，在金斯顿和里士满附近的山坡上，每一片灌木林、每一栋乡野别墅背后，都埋伏着一个黑洞洞的炮口。在霍斯尔公地火星人驻地

1　指1755年11月1日葡萄牙里斯本大地震（Great Lisbon earthquake）。这是人类历史上破坏性最大、死伤人数最多的地震之一，震后随之而来的火灾和海啸几乎将里斯本毁于一旦。

四周的荒凉焦土上——面积大约共有二十平方英里，在绿树林间已成焦炭的村庄废墟里，在被袅袅青烟熏黑的街巷拱廊中——这里一天前还松林茂密，遍地匍匐着侦察兵，他们手拿日光反射信号器，一旦火星人发起进攻，便能及时向炮兵报告。可是，现在火星人已经掌握炮兵部队的战术，也深知允许人类靠近的危险，因而没人胆敢踏入圆筒周围一英里内的区域，否则就将付出生命的代价。

下午早些时候，这些庞然大物似乎一直在来回走动，将第二和第三个圆筒里的一切——前者在阿德尔斯通高尔夫球场，后者在佩尔福德——都搬到霍斯尔公地它们最初降临的沙坑里。在公地对面，那片烧焦的石楠树丛和一望无际的断壁残垣上，有个火星人在站岗放哨，其他人则卸下巨型战斗机器装备，钻进沙坑之中。直到深夜它们仍紧张忙碌着，从梅罗附近的山岗上可以望见坑内不断升腾起浓重的绿色烟柱。据说，在班斯特德和埃普瑟姆高地，也都能目睹此番景象。

火星人在我身后忙着准备下一轮进攻，我前方则是严阵以待的人类同胞。此时，我忍着剧痛，历经艰辛，离开战火交加、硝烟弥漫的韦布里奇，朝伦敦的方向走去。

我看见远处有一艘被废弃的小船正顺流而下。于是，我脱下身上几乎所有湿透的衣服，追上前去占领这艘船，以此逃离这片灾难之地。可船上没有桨，我只得尽己所能，用烫得半熟的双手来划水，顺着河流前往哈利福德和沃尔顿。可以想见，船速相当缓慢，我不时回头张望。我之所以沿河而行，是因为在我看来，倘若火星巨怪杀个回马枪，河流是绝佳的逃生之所。

在那个被炸死的火星人倒下的地方，河水热气蒸腾。这股热流随我一同漂向下游，因而我在将近一英里的划行中几乎看不清河的两岸。不过有一回，我瞥见一排黑影从韦布里奇而来，匆匆穿越草地。哈利福德似乎已荒无人烟，河边的几座房屋都在燃烧。这里静得出奇，炙热的蓝天下，竟不见人的踪迹，唯有烟雾和几缕火苗直上云霄，令午后变得更加炎热。着火的房屋周围并没有围观人群，这使我颇感意外。在更远处，岸上的芦苇烧得干枯，浓烟阵阵，而一道火线正向刚收割的干草堆不断蔓延。

历经这番惊心动魄之后，我感到浑身疼痛，疲惫不堪。于是，我顺着河流在水上漂荡。过了许久，水面依然滚烫无比，我心中再次涌起一阵恐惧，只得重新向前划行。阳光炙烤着我赤裸的脊背。终于，沃尔顿桥在河湾处映入我的眼帘，此时高烧和晕眩向我袭来，使我连害怕都顾不上了。我在米德尔塞克斯郡爬上岸，躺倒在高耸的草丛中，难受得要命。我估计当时大概四五点。不久，我便站起身，走了约有半英里，路上一个人都没遇见，后来我再次躺倒在一道篱墙的阴影下。依稀记得，走到最后，我不停地自言自语，精神恍惚，而且口干舌燥，后悔自己没多喝几口水。说来奇怪，我竟生起妻子的气来。不知何故，前往莱瑟黑德的奢望令我耿耿于怀。

我记不清牧师是何时到来的，恐怕当时我已经昏睡过去。等我醒来时，他已坐在我身边，衬衫袖口沾满烟尘。他脸上剃得很干净，正抬头盯着天空中摇曳的微光。这便是所谓的“鱼鳞天”，天上的云朵如羽毛一般层层叠叠，泛着仲夏夕阳的余晖。

我坐起身来。他听见响动，立刻朝我看来。

“你有水吗？”我突然问道。

他摇了摇头。

“过去的一小时里你一直在要水喝。”他回答。

我们沉默良久，彼此打量着对方。想必他一定认为我是个怪人，因为除了湿透的裤子和袜子，我什么都没穿，而且浑身烫伤，脸颊和肩膀被熏得发黑。他的脸看上去有些孱弱，下巴后缩，头发卷曲，亚麻色的鬈发盖在低窄的前额上。他的眼睛很大，浅蓝色的双眸茫然凝视着。他面无表情地望向别处，突然开口说起话来。

“这是怎么回事？”他问道。“这些东西到底是怎么回事？”

我望着他，没有作声。

他的口气似乎是在抱怨，说着伸出一只干瘦而苍白的手。

“怎么能允许这样的事情发生？我们到底犯了什么罪过？我做完晨祷之后，在路上散步，想为下午的祷告整理思绪。这时——大火，地震，死亡！就像在索多玛和蛾摩拉[1]！我们所做的一切全都付之一炬，所有的一切——这些火星人究竟算什么东西？”

“我们自己又算什么呢？”我清了清嗓子，如是回答。

他抱着膝盖转过身，视线再次回到我身上。他一声不吭地望着我，足有半分钟之久。

“我在路上散步整理思绪，”他说，“突然——大火，地震，死亡！”

他再度陷入沉默，低着头，下巴几乎要碰到膝盖。

过了不久，他开始挥手比画起来。

“这一切——所有主日学校——我们所做的——韦布里奇犯了什么罪？全都付之一炬——全都毁于一旦。还有教堂！三年前我们才刚翻修过。倒塌了！全都没了！到底为什么？”

又是一阵沉默，接着他像发疯似的叫嚷起来。

“烈焰之火，永无止境！”他大喊起来。

---

1 索多玛和蛾摩拉（Sodom and Gomorrah）：圣经中记载的两座荒淫罪恶之城。有关其毁灭，参见《圣经·旧约·创世记》第19篇第24至25节：“当时，耶和华将硫黄与火，从天上耶和华那里降与索多玛与蛾摩拉，把那些城和全平原，并城里所有的居民，连地上生长的都毁灭了。”

他伸出干瘦的手指，指向韦布里奇，眼中闪着怒火。

直到此时，我才开始揣测他的来历。他的悲惨遭遇——他显然是从韦布里奇来的逃难者——已将他逼到崩溃的边缘。

“这里离森伯里[1]远吗？”我不动声色地问道。

“我们该怎么办？”他反问我。“这些怪物到处都是吗？地球已经被它们统治了吗？”

“这里离森伯里远吗？”

“可是今天上午我还才做过晨祷——”

“情况有所改变，”我平静地说，“你得保持冷静。我们还有希望。”

“希望！”

“是啊。虽然损失惨重——但依然充满希望！”

我将自己对当前处境的看法向他娓娓道来。他起先还饶有兴趣地听我讲，但说着说着，他目光涣散起来，又回到原先的模样，视线从我身上移开。

“这就是末日肇始之时，”他打断我说，“人们应当向山和岩石说，倒在他们身上，把他们藏起来——躲避坐宝座者的面目！”

我终于明白这根本无济于事，于是不再费力解释。我挣扎着站起身，走到他跟前，把手搭在他的肩膀上。

1 森伯里（Sunbury）：萨里郡的城镇。

"振作点！"我安慰道，"别被恐惧冲昏了头！如果灾难降临时就丧失信仰，宗教还有什么用处呢？回想一下，地震、洪水、战争、火山曾给人类造成多大伤害！你以为上帝能使韦布里奇免遭灾祸吗？他可不是保险商。"

他一言不发地端坐良久。

"我们如何才能逃脱呢？"他突然问道，"它们刀枪不入，冷酷无情。"

"它们并非刀枪不入，可能也没有冷酷无情。"我回答说，"它们越是无所不能，我们就越要保持清醒和谨慎。三个小时前就有一个火星人被炸死了。"

"死了！"他边说边朝四周望去，"上帝的使臣怎么可能死呢？"

"我亲眼所见。"我接着对他说，"我们碰巧见证了这一切，"我说道，"仅此而已。"

"天上的闪光是怎么回事？"他突然问我。

我告诉他，那是日光反射信号器在发送信号——天穹之上，人类努力自救的象征。

"尽管一切看似平静，"我说，"但我们已经身处大战之中。天上的闪光预示着风暴正在酝酿。我猜想，火星人就在那里。而在伦敦的方向，里士满和金斯顿附近山峦层叠，绿树遮蔽，人们正在营建工事，安放大炮。不久，火星人就要再度归来了。"

正说着，他突然跳起来，用手势打断了我的话。

“你听！”他说。

只听河对岸的丘陵后面，传来远处沉闷的炮声和一阵古怪的呼叫。然后，一切陷入沉寂。篱墙那边飞来一只金龟子，嗡嗡作响，从我们身旁掠过。韦布里奇和谢珀顿上空烟雾弥漫，笼罩在炙热而宁静的壮丽落日之中。西边的苍穹则高悬着一弯新月，依稀泛出苍白的光芒。

“我们最好沿着这条路走，”我提议道，“一路往北走。”

第十四章　抵达伦敦

火星人在沃金镇着陆时，我弟弟正在伦敦。他是个医学生，忙着准备即将到来的考试。直到周六早晨，他才听说火星人降临之事。当天的晨报不仅刊登长篇累牍的特稿文章，介绍火星及外星生命，还发表了一则措辞含混的电报简讯。正因其简短，所以格外引人注目。

简讯中说，火星人觉察到一群人朝它靠近，倍感惶恐，于是用一把高速喷火枪杀死不少人。简讯是这样结尾的："火星人看似可怕，但它们至今仍未能爬出最初着陆的沙坑，恐怕它们根本就无法爬出来。也许是地球重力相对较大的缘故。"针对最后这句，报社主笔还附上一番解释，听来令人宽慰。

那天，我弟弟在上生物补习课，全班同学听闻此消息，自然是兴奋无比。可是，街头巷尾却鲜有异常激动的景象。纵观下午的报纸，大字标题下也仅有只言片语的零星报道，无非是交代公地周围部队调动的情况，或是讲述沃金和韦布里奇之间的松林火灾。直到晚上八点，《圣詹姆斯公报》才在号外中公布通信信号中断的事实。据推测，这是由于松树着火倒塌，继而压断电缆所致。人们对当晚的战事知之甚少——正是我驾车往返于莱瑟黑德的那一夜。

弟弟对我们并不担心，因为他从报纸上得知，圆筒距离我们的住所足有两英里之遥。但他还是决定连夜赶来找我。如他所言，其实是为了赶在怪物被杀死之前开开眼界。大约四点，他给我发了封电报——可是我根本就没有收到，接着傍晚去听了场音乐会。

周六夜里，伦敦亦是雷雨交加，我弟弟乘坐出租马车抵达滑铁卢车站。他在午夜列车始发站台等候片刻，后来听说出了事故，当晚火车均无法驶往沃金镇。究竟是什么事故，他不得而知。事实上，恐怕连铁路当局也是一头雾水。车站内并无明显的骚动迹象。铁路官员们只知道，拜弗利特和沃金之间的枢纽站发生故障，于是引导那些本应途经沃金镇的观剧列车，改道弗吉尼亚湖和吉尔福德。官员们还忙着为前往南安普敦和朴次茅斯的周日联盟[1]旅行团安排新的线路。一名晚报记者误将我弟弟当作交通主管——两人相貌略有相似，因而半路拦住他要求采访。除了几位铁路官员，很少有人将火车停运之事与火星人联系在一起。

1 周日联盟：即创建于1855年的英国国家周日联盟（National Sunday League），是当时专为城市上班族组织周日活动的旅行团体，包括海边度假、博物馆参观等。

有关此次事件，我曾在另一篇报道中读到这样一句：周日上午“沃金镇传来的新闻令整个伦敦城震惊不已”。实际上，这种说法毫无根据，有夸大其词之嫌。许多伦敦人直到周一清晨恐慌蔓延之际才听说有关火星人的消息。即便有人早有耳闻，但对于周日报纸上寥寥数笔的电报仍然是后知后觉。要知道，绝大多数伦敦人周日从不看报纸。

况且，伦敦人通常只关心自身安危，这是其根深蒂固的秉性，加之平日对报章消息耸人听闻的套路司空见惯，因而当他们读到这些报道时，丝毫不为所动。《星期日太阳报》如是报道：“昨晚七时许，火星人爬出圆筒，在一面金属盾牌的掩护下肆意走动，使沃金车站及其毗邻的房屋悉数尽毁，并将卡迪根军团一个营的士兵赶尽杀绝。具体伤亡情况尚不清楚。马克沁机枪对它们的盔甲未起作用，野战炮也被它们摧毁。飞翼铁骑正向彻特西奔驰而来。火星人似乎正缓慢地向彻特西和温莎前行。西萨里郡笼罩在极度焦虑之中，军队加紧修筑工事，以阻止火星人向伦敦逼近。”《裁判报》则刊登了一篇颇为应景的“导读式”文章，巧妙地将此事比作一群失控的野兽突然闯进村庄。

在伦敦，没有人真正了解这些身披铠甲的火星人，人们依然固执地认为，这些怪物都是行动迟缓之辈：“蠕动”“费力爬行”——早前的报道中几乎充斥着这样的措辞。没有一封电报是由火星人进攻时的目击者所写。一旦有新消息，各家周日报纸就会刊出号外。哪怕没有消息，有些报社也会推出特辑。但事实上，并无太多值得向民众告知的信息。直至傍晚，官方才向新闻媒体透露其掌握的情况。据报道称，沃尔顿、韦布里奇，以及整个地区的民众纷纷涌上街头，朝伦敦方向前进，仅此而已。

那天早晨，我弟弟前去育婴堂[1]那里的教堂做礼拜，当时他还不知道前一天夜里发生的一切。在教堂里，他听闻有人谈论火星人入侵之事，还见证了一场特别的和平祝祷仪式。走出教堂之后，他买了一份《参考报》。报纸上的消息令他忧心忡忡，于是他再度返回滑铁卢车站，想确认交通是否已经恢复。只见街道上，有人搭乘公共马车，有人驾着四轮马车，有人骑上自行车，还有衣着光鲜的行人，对于报贩们口中叫嚷的惊天新闻，众人几乎无动于衷。唯有那些与事发地居民沾亲带故的人才会格外关注。确切而言，他们内心深感焦虑。在车站里，我弟弟才得知温莎和彻特西的铁路都中断了。行李搬运工们还告诉他，今天上午拜弗利特和彻特西车站发来几封重要电报，可在传输途中突然停止。我弟弟没能从他们那里打听到详细情况。“韦布里奇附近正在交战”，这便是他们掌握的最新信息。

1　育婴堂（Foundling Hospital）：指1739年由航海家托马斯·考勒姆（Thomas Coram）创办于伦敦的一所收养孤儿的慈善机构。

目前，火车运营陷入一片混乱。站台上聚集着许多人，都在等候从西南铁路沿线前来此地的朋友。一位白发苍苍的老者走到我弟弟面前，痛斥西南铁路公司。“是时候得曝光他们了。”他嚷道。

从里士满、帕特尼和金斯顿驶来一两列火车，车上是外出郊游的乘客，刚划船归来。他们得知水闸关闭，不由得紧张起来。一个身穿蓝白相间轻便夹克的男人，在与我弟弟攀谈时透露了不少惊人的消息。

“人们成群结队地涌入金斯顿，”他说，“他们来自莫莱西、韦布里奇和沃尔顿。他们声称，有炮声从彻特西镇传来，还有激烈的枪声。骑兵让他们赶快撤离，因为火星人即将袭来。我们在汉普顿宫车站也听见炮声响起，但以为那只是雷声。究竟是怎么回事？火星人要想从沙坑中爬出来是绝不可能的，是吧？”我弟弟无言以对。

后来他发现，地铁乘客之间也弥漫着莫名的恐慌情绪，参加周日观赛旅行团的人则一反常态，纷纷从西南边的“绿肺”地带——巴恩斯、温布尔登、里士满公园、邱镇等——提前返回。然而，他们所得知的消息，都不过是道听途说而已。每一位在终点站下车的乘客似乎都有些脾气暴躁。

大约五点钟，一直处于关闭状态的东南和西南车站又重新恢复通车。铁道上驶来的，有装载巨型火炮的货车，还有挤满士兵的客车，这一切令聚集在车站的人群变得极度兴奋。这些大炮是从伍尔维奇和查塔姆[1]调去保卫金斯顿的。有人甚至和士兵开起玩笑："怪物会吃了你们！""我们是驯兽师！"诸如此类。不一会儿，一队警察走进车站，开始将月台上的乘客往外赶。于是，我弟弟又回到大街上。

教堂传来晚祷的钟声，一群救世军[2]少女唱着歌，沿着滑铁卢路走来。几个流浪汉站在大桥上，看着一团古怪的褐色浮渣，一块块地朝下游漂去。太阳刚开始落山，钟塔和议会大厦耸立在天幕下。天空宁静至极，金光灿烂，一道道紫红色云彩绵延不绝，横亘其间。人们议论着漂浮在河面的尸体。其中有个自称预备役士兵的人告诉我弟弟说，他望见日光反射信号器在西边的天空闪烁。

在威灵顿街上，我弟弟遇见几位身材魁梧的莽汉。他们刚从舰队街跑来，手中拿着墨迹未干的报纸和夺人眼球的广告牌。"可怕的灾难！"他们沿着威灵顿街一路高声叫嚷，吆喝声此起彼伏。"韦布里奇激战！深度报道！击退火星人！伦敦深陷危机！"于是，我弟弟掏出三便士买了份报纸来看。

就在那时，他才意识到火星怪物的十足威力和恐怖之

1 伍尔维奇（Royal Arsenal, Woolwich）是英国皇家兵工厂所在地。查塔姆造船厂（Chatham Dockyard）是英国海军的造船基地之一，位于肯特郡。

2 救世军（Salvation Army）：成立于1865年的国际性宗教及慈善公益组织，由卫理公会派牧师卜威廉（William Booth）在英国伦敦创办。

处。他得知，火星人绝非一群行动迟缓的弱小生物，而是能够操纵庞大机械身躯的智慧生命。它们行动迅速，力大无穷，连威力最大的火炮也无法抵御它们的进攻。

它们被描述成“形似蜘蛛的巨型机器，约有一百英尺高，速度堪比特快列车，并且能够喷射强烈光束”。霍斯尔公地周围，尤其是在沃金地区和伦敦之间，部署有隐蔽的炮兵部队，以野战炮为主。人们看见五个机器人朝着泰晤士河的方向行进。幸运的是，其中一个已被击毁。其他的炮弹则全都落空，炮兵部队当即被热射线歼灭。报道中还提到，部队伤亡惨重，但语调仍显乐观。

火星人并非坚不可摧，它们被暂时击退，再度撤往沃金镇周围，回到三个圆筒构筑的三角地带。通信兵们操控着日光反射信号器，从四面八方朝火星人步步逼近。不断有大炮从温莎、朴次茅斯、奥尔德肖特、伍尔维奇，乃至北方地区火速运抵战场。其中，还有从伍尔维奇调来的远程大炮，重达九十五吨。据统计，为了保卫伦敦，共有一百十六门大炮部署就位，或是即将安置完毕。如此规模庞大而又行动迅速的军备调集，在英格兰历史上尚属首次。

军方正在加紧研制和运输烈性炸药，一旦再有圆筒从天而降，希望能够当即将其摧毁。报道称，毫无疑问，目前局势相当诡异，可谓空前严峻，但同时劝告民众切莫惊慌。火星人的确古怪至极，令人不寒而栗，但放眼望去，它们最多不过二十人，而我们则有百万之众。

根据圆筒的尺寸来看，当局有理由推测，每个圆筒里最多只能容纳五个火星人——总共十五个。况且，至少有一个已经被炸死——或许还有更多。倘若危险来临，民众会得到及时警报。政府也正在制定详尽措施，保护西南郊区的居民免遭威胁。这篇宣言式的报道在结尾处，再次重申伦敦的安全有所保障，并对当局的应对能力充满信心。

这则报道用特大铅字排印，还没来得及附上评论。报纸刚刚印制不久，连油墨都还没干。我弟弟说，为了刊发这篇文章，版面上的其他内容被强行挤占，实在有些匪夷所思。

整条威灵顿街随处可见翻阅粉色报纸[1]的行人。突然，河岸街上又有一大群报贩接踵而至，叫卖声嘈杂不堪。人们纷纷从公共马车下来，赶着抢购报纸。显然，这则消息轰动一时，就连原本无动于衷的民众也兴奋不已。我弟弟还说，河岸街上一家地图商店百叶窗正被取下，窗内隐约可见一名身穿周日盛装的男子，戴着柠檬黄色手套，正急匆匆地将萨里郡地图贴在窗玻璃上。

---

1 粉色报纸（pink sheet）：通常指创刊于1865年的英国《体育时报》（*Sporting Times*），因其采用粉色纸张印刷而有“粉红报”（*The Pink 'Un*）的别称，1932年停刊。而创刊于1888年的《金融时报》（*The Financial Times*）也采用粉色新闻纸，至今仍在发行。

初一的冬季

马晨和爸爸妈妈
都做过疯狂的事

雄鹰起飞

朝花夕拾
野草
鲁迅 著

特殊的礼物

泰戈尔诗选
新月集 飞鸟集

骆驼祥子

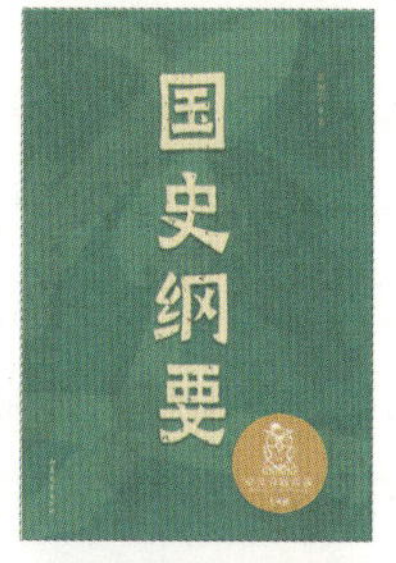
国史纲要

鹿苑长春

Vol
de
Nuit
夜航

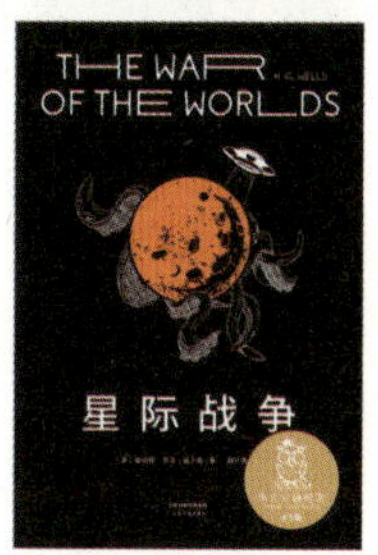
THE WAR
OF THE WORLDS
星际战争

Anne Frank Tagebuch
安妮日记

是《小王子》作者的另一部杰作。在宏大的主题下，作者将笔墨聚焦于夜航飞行员的个人经历中，情节紧凑又富有节奏感，文字具有很强的感染力。

《安妮日记》是德国籍犹太少女安妮在二战中遗留下来的一本日记，记录了一个正值花样年华的少女在战争和种族迫害的阴影下，依旧坚强乐观、渴望自由的不凡经历。《星际战争》是“科幻界的莎士比亚”威尔斯的代表作，也是一部最早书写“外星人入侵”题材的科幻小说，给孩子们打开无尽的想象空间。

这个时期的孩子也需要对中国历史的脉络有较为清晰的了解。《国史纲要》原为著名史学家雷海宗先生在清华大学和西南联大讲授中国通史的讲义，用一本书梳理中国数千年历史变迁，读之使人豁然开朗。

泰戈尔在《飞鸟集》中写道：“我听见有些东西在我心的忧闷后面萧萧作响，——我不能看见它们。”这句诗正是孩子青春时期敏感心灵的写照，愿优美的书籍像一双双宽厚的手，牵着孩子迈过青春的门槛，奔向广阔而灿烂的未来！

每一个此刻，都有适合的童书。

期待每一个孩子的成长之路上，都有这套中文分级阅读文库的陪伴！

亲近母语 × 果麦文化

我们从这一年段孩子的语言、阅读和心理特点出发，择选了 12 本优秀的青少年小说、动物小说、现当代文学、科幻小说和中国历史读物，让孩子获得不同层面的滋养，提升他们的思维理解能力。

彭学军的《初一的冬季》，以细腻和富有诗意的语言，抒写了少年成长之路上的欢乐与忧愁、内心的矛盾与憧憬。常新港的《马晨和爸爸妈妈都做过疯狂的事》，表现了青春期的男孩女孩们在成长中的心理状态。薛涛的《特殊的礼物》同样讲述了少年成长中的经历，和内心的隐秘情感，凸显了孩子们的勇气、自信与独立精神。

有趣的动物小说永远是孩子热爱的题材。金曾豪的《雄鹰起飞》，以大自然的视角，用武侠小说的笔调，抒写丛林世界不同类型动物的风采。《鹿苑长春》是普利策文学奖获奖作品，是一部有关童年、勇气、亲情、成长主题的经典，让每个处于青春期的孩子都能从这里收获新的勇气。

品味好的语言是孩子一生的功课。《泰戈尔诗选》清新优美的文字背后，充满了作家对生活的热爱与对爱的思索。《朝花夕拾 野草》作为鲁迅先生自传体散文与散文诗的代表作，文笔深沉隽永，让我们感悟与思考。《骆驼祥子》是老舍先生最著名的长篇小说，他成功地塑造了祥子、虎妞等一批性格复杂、形象鲜明的艺术形象，语言质朴平易，善用俗语，写活了老北京的风土人情。这些经典作品历经时间的淘洗依然熠熠生辉。

这个阶段的孩子也要广泛阅读各种类型的作品。《夜航》

中文分级阅读七年级导读

亲爱的家长朋友：

您好！您打开的是中文分级阅读七年级图书。也许您纯粹出于好奇，也许您家里正有一位初中一年级的孩子。

这个阶段的孩子刚刚步入初中，既要面对从小学阶段到初中阶段的过渡，又要面对青春早期带来的生理和心理变化，因此会面临许多的压力和挑战。

这套由亲近母语和果麦文化联合打造的中文分级阅读文库，针对这一阶段的孩子专门配备了适宜的阅读套餐。亲近母语有着近 20 年的儿童阅读研究的专业积累，果麦文化有着优秀的出版品质和行业口碑。这套文库，基于亲近母语研发的中文分级阅读标准，根据 1~9 年级儿童的认知与心理特点，以及儿童阅读能力和素养发展的要求，精选 108 本经典作品。为每一个孩子，择选更适合的童书。

七年级的孩子刚步入青春早期，有着了解自身的愿望和强烈的情感需求，同时他们对广阔的世界有着更深的探索的欲望。

我弟弟拿着报纸，沿着河岸街朝特拉法尔加广场走去，路上遇见几位从西萨里郡来的逃难者。有个男人赶着一辆蔬果商贩用的货运马车，从威斯敏斯特桥的方向而来，车上坐着他的妻子和两个儿子，还装有几件家具。紧随其后的是一辆运草马车，载着五六个打扮体面的人，以及几个提箱包裹。这些人都面容枯槁，其精神面貌与公共马车上身穿安息日华服的那些人形成鲜明对比。衣着时髦的路人从出租马车上探头朝他们张望。他们在广场上停了下来，似乎不知该往哪里走，最终转头向东，沿着河岸街继续赶路。在他们身后不远处，有个穿工装的男人，骑着一辆前轮很小的旧式三轮车。只见他浑身脏兮兮的，脸色十分苍白。

我弟弟转身朝维多利亚街走去，路上又遇见几个这样的人。他隐约觉得有可能会碰到我。他看见有一大群警察正在维持交通秩序。一些逃难者正和公共马车上的乘客交流见闻。其中有个人声称自己曾见过火星人。“告诉你们吧，它们如同踩着高跷的锅炉，像人一样迈着大步。”大多数逃难者都因为自己的离奇经历而亢奋不已。

维多利亚街不远处，由于逃难者的到来，各大酒吧一派生意兴隆的景象。每一处街角都能看见一堆人在翻看报纸，或是激动攀谈，抑或打量着这些周日造访的不速之客。天色渐晚，人群似乎越聚越多，如我弟弟所言，就像是德比赛马日[1]的埃普索姆高街那样。我弟弟与几位逃难者有过交谈，但大多数人未能给他满意的答复。

没有人能向他透露有关沃金镇的最新消息，只有一个人除外。那人言之凿凿地告诉他，前一天晚上沃金镇就已经被彻底摧毁。

“我从拜弗利特而来，”他说，“一大清早，有人骑着自行车穿过那里，挨家挨户地催促我们赶快撤离。然后来了一群士兵。我们出门一探究竟，望见南边浓烟阵阵——只有烟雾，却不见一人从那里过来。之后，我们听见彻特西响起炮声，看见人们从韦布里奇逃到这里。所以我便锁上了家门就来到这儿了。”

当时，街上的民众都对当局表示强烈不满。他们抱怨政府没能及时消灭入侵者，继而给大家造成诸多麻烦。

大约八点钟，一阵激烈的枪声响彻整片伦敦南部地区。不过，由于主干道上熙熙攘攘，我弟弟起初并未听见。然而，当他沿着僻静小巷朝河边走去时，枪声一下子就变得清晰可辨。

1　德比赛马日（Derby Day）：每年六月在英国萨里郡埃普索姆（Epsom）举办的赛马比赛，始创于1780年，得名于创办者德比伯爵十二世（12th Earl of Derby）。

两点[1]左右，他从威斯敏斯特走回摄政公园附近的寓所。此时，他对我的处境很是担心，而显而易见的严峻事态，也令他惶惶不安。有关军事交战的种种细节，始终萦绕在他的脑海，亦如我周六那天的心绪一样。他遥想着那些沉默中严阵以待的大炮，遥想着那片骤然间无家可归的乡野，他竭力想象，高达一百英尺的“锅炉踩着高跷”是何模样。

牛津街上驶来一两辆满载着难民的马车，马里波恩路上也有几辆。然而，消息传得太慢，摄政街和波特兰路上早已聚集着习惯周日夜晚散步的行人，尽管他们三五成群，都在驻足聊天。而摄政公园旁边，一如既往有许多夫妻，他们默不作声，在光影斑驳的煤气灯下散着步。夜色温柔，万籁俱寂，却也有些压抑。炮声时断时续，午夜过后，南边似乎出现片状闪电。

我弟弟一遍又一遍地翻阅报纸，担心我已遭遇不测。他坐立不安，吃完晚饭便漫无目的地踱步出门。回家后，他试图转移注意力，专心复习考试笔记，但最终徒劳无功。当他上床睡觉时，已经过了午夜。周一凌晨，一阵敲门声令他从噩梦中惊醒，耳畔还夹杂着街上行人奔跑的脚步声、远处的击鼓声，以及喧闹的敲钟声。而天花板上还摇曳着赤红的

1 按照上下文时间顺序，此时已是夜晚，“两点”显然不合逻辑。有学者查阅威尔斯相关手稿，发现有铅笔标注“十点”的修订痕迹，但奇怪的是，这一错误从未在后续印刷本中修正。

光影。他错愕不已，在床上愣了许久，不知道是白昼已经来临，还是世人都疯了。随后，他跳下床，朝窗边跑去。

他的房间在阁楼上。就在他奋力推开窗户探头张望之际，街道两边也接连不断地传来开窗的响动，像是回声似的，只见一个个睡眼惺忪的脑袋纷纷伸出窗外。人们大声叫嚷相互打听消息。“它们来了！”一名警察喊道，说着使劲敲门，“火星人来了！”然后他又朝隔壁人家跑去。

鼓声和号声从奥尔巴尼街军营传来，而在听力所及之处，每一座教堂都在拼命敲响警钟，钟声激越而又杂乱，竭力驱散人们昏沉的睡意。街上则响起一阵嘈杂的开门声。黑暗中，对面房屋的窗户一扇接着一扇亮起昏黄的灯光。

突然，街角传来响动，只见一辆装有顶篷的四轮马车在街道上飞驰而过。马蹄声由远及近，从窗前经过时最为响亮，但随后又渐次减弱，消逝在远方。有几辆出租马车紧随其后，引领着一长串马车飞奔而来。大多数人并没有顺坡而下前往尤斯顿车站，而是朝着查尔克农场车站而去，因为开往西北方向的专列正在那里接客。

我弟弟在惊愕中难以回过神来。他盯着窗外凝望良久，看着警察正挨家挨户地敲门，不知在念叨些什么。随后，他身后的门打开了，住在楼道对面的房客走进屋来。他只穿着衬衫、长裤和拖鞋，裤子的背带松垮地搭在腰间，头发则被枕头压得蓬乱。

"出了什么事？"他问道，"着火了？外面可真乱！"

他们伸长脖子探出窗外，竭力想听清警察在叫唤些什么。人们从小巷里走出来，三五成群地在街角议论纷纷。

"这究竟怎么回事？"我弟弟的邻居又问。

我弟弟含糊地应和几句，便开始穿衣服。他每拿起一件衣服，就跑到窗前来穿，生怕错过街上愈演愈烈的骚乱场面。不久，报贩们拿着难得提前出版的报纸，在街上高声叫卖：

"伦敦难逃厄运！金斯顿和里士满防线失守！泰晤士河谷恐怖大屠杀！"

而我弟弟周围的一切——无论是楼下的房间，还是道路两旁和街道对面的屋舍，抑或街道后方公园里的排屋，乃至其他数百条街道，遍及马里波恩区，西邦尔公园区和圣潘克拉斯区，西北方向的基尔伯恩区，圣约翰森林及汉普斯特德区，东边的肖荻奇区、海布里区、哈格斯顿区和霍克斯顿区等地。总而言之，从伊灵区到东汉姆区，整座伦敦城——到处可见人们揉着惺忪的双眼，推开窗户探头张望，提出不着边际的问题，还一边手忙脚乱地穿衣服。此时，恐怖风暴的第一缕气息在街巷之间蔓延。这是大恐慌的先兆。愚蠢而又迟钝的伦敦城居民在周日夜晚早早上床睡觉，直到周一凌晨才终于清醒地意识到危机的迫近。

眼看待在窗边无济于事，我弟弟便下楼来到街上。此时，房屋间隙透出的一抹天空，在晨曦中呈现淡粉色。徒步或驾车赶路的逃难者每时每刻都在不断增多。“黑烟！”他听见有人呼喊，接着又是一声“黑烟！”恐惧以不可阻挡之势在人群中蔓延，以至人人自危。我弟弟正站在门口踌躇，看见又有个报贩朝他走来，于是他买了份报纸。这名报贩随众人一齐逃跑，边跑边以每份一先令的高价出售报纸——牟利和恐慌交织在一起，实在有些荒诞不经。

在这份报纸上，我弟弟读到军方总司令发布的这则电文，堪称灾难：

> 火星人能够利用火箭发射大量带有毒气的黑色烟云。我方炮兵部队已被它们击败，里士满、金斯顿和温布尔登等城镇均毁于一旦。它们正向伦敦缓慢逼近，所到之处满目疮痍。我方已经无力阻止它们。面对黑烟，根本无计可施，唯有立刻逃离。

以上就是电文的全部内容，但足够说明问题。这座大都市已经陷入骚乱，六百万民众正东奔西跑，仓皇逃命。不久之后，所有人都会一同涌向北方。

“黑烟！”有人喊道，“着火了！”

附近教堂传来刺耳的敲钟声，一驾马车不小心撞上街边的水槽，引起众人尖叫和咒骂。昏黄的吊灯在屋内东摇西晃，几辆出租马车奔驰而过，车里的灯依然亮着。头顶的苍穹逐渐迎来曙光，天空澄澈，安详而又宁静。

在我弟弟身后，响起一阵脚步声，那是人们在屋内来回跑动，抑或上下楼梯时发出的声响。他的女房东已赶到门口，她身穿宽松的睡袍，还搭着披肩，她丈夫跟在身后，正不停地叫喊。

我弟弟这才意识到事态的严重性。他立刻转身回到自己房间，将所有现金——总共约有十镑——装进口袋，然后再次跑回到街上。

第十五章　萨里郡风云

当时，哈利福德附近那片平坦的草地上，牧师坐在篱墙下对我胡言乱语，而我弟弟则在威斯敏斯特桥上驻足，目睹逃难的人潮蜂拥而至。

就在那时，火星人再度发起进攻。有关那天晚上的战况众说纷纭，但可以肯定的是，直至深夜九点，绝大多数火星人仍在霍斯尔公地的沙坑中忙着备战。它们匆忙做着准备，不断释放出大量绿烟。

然而，八点钟左右，确实有三个火星人离开沙坑。只见它们迈着缓步，谨小慎微地前行，穿过拜弗利特和佩尔福德，朝里普利和韦布里奇走去。最终，它们望见夕阳下严阵以待的大炮。前进期间，这些火星人并未挤作一团，而是一路纵队，彼此之间保持一英里半的距离。当它们相互交流时，会发出汽笛似的号叫，音调忽高忽低。

这就是我们在哈利福德上城听见的号叫声，以及从里普利和圣乔治山传来的开炮声。里普利的炮手都是些毫无经验的义务兵，本不该将他们部署在这样的位置。时机未到，他们便胡乱发射炮弹，所以根本没有射中。随后，他们纷纷穿过这片空无一人的村庄，或骑马，或徒步。那个火星人并未使用热射线，而是平静地径直朝大炮走去。它小心翼翼地在炮火中穿行，将士兵们甩在身后，然后毫无征兆地出现在潘思山公园里的大炮跟前，并将其摧毁。

相对而言，圣乔治山上的炮兵更为训练有素，也更具胆识。他们藏在松树林中，连距离最近的火星人似乎都未察觉到其存在。他们如同接受检阅一般，谨慎地将炮弹瞄准目标，继而在约一千码射程内开火。

炮弹在火星人周围接连炸响，只见它蹒跚着往前走了几步，便跌倒在地。众人齐声欢呼，并极为迅速地重新装上弹药。被打倒的火星人发出一声长长的哀号，似乎这只三脚怪的左腿被一发炮弹炸断。

这时，另一个闪闪发光的巨怪应了一声，突然出现在南边的树林后方。第二波炮弹全部射空，没有击中那个倒地的火星人。与此同时，它的同伴则将热射线对准炮兵阵地。弹药箱被当即炸毁，四周的松树燃起熊熊烈火，只有一两个已经跑到山顶的士兵幸免于难。

随后，三个火星人停下脚步，似乎在一起商议些什么。根据观察火星人的侦察兵报告说，它们在原地一动不动待了半个小时。那个跌倒的火星人费力地从头罩中钻出来，出现一个古怪的褐色身影，从远处看，像是植物患枯萎病后留下的斑点。显然，它正在修理自己的支脚。大约九点钟，火星人修复完毕，它的头罩再次从树林后方显露出来。

当晚九点刚过不久，又有四个火星人来到这里，与这三个外出放哨的同伴会合。它们各自拿着一根粗大的黑色管筒，并将同样的管筒分别递给这三个火星人。于是，七个火星人以相同的间距，分布在圣乔治山、韦布里奇、森德和里普利等地，排成一道曲线阵势。

它们刚开始移动，便有十几支信号火箭从山中腾空而起，向迪顿和伊舍附近待命的炮兵发出警讯。同时，四个握着黑管的火星机器战士渡河而过，其中两个闯进我和牧师的视野之中，在西边天空的映衬下显得漆黑一团。当时，我们俩步履匆匆，正拖着疲惫的身躯，痛苦不堪地沿着哈利福德往北的马路前行。由于四周的旷野笼罩在一片乳白色的迷雾中，使火星人离地三分之一的身躯都掩映其间，因而它们看起来像是在行走在云端似的。

目睹此情此景，牧师从喉咙深处发出一声低吼，便撒腿就跑。可我深知，在火星人面前，逃跑根本无济于事。于是，我转身穿过沾满露水的荆棘丛和荨麻地，爬进路边一道宽阔的壕沟。牧师回头看见我的举动，赶忙跟上前来。

两个火星人停下脚步，离我们较近的这个面向森伯里站着，而较远者则朝着斯泰恩斯，在昏星[1]的映照下恍如一团模

1 昏星（evening star）：指金星，因日落时在西天闪耀而得此名。

糊的灰影。

火星人时断时续的号叫声戛然而止，它们彼此默不作声，站在圆筒周围那一弯月牙形的巨大区域内，月牙两端尖角相隔十二英里。自从火药发明以来，从没有一场战争的序幕如这般平静。无论是对于我们，还是里普利附近的观察者，感受都是一样的——在月光星辰与落日余晖之间，火星人立于天地之间，似乎是黑夜的唯一主宰，只见圣乔治山和潘思山树林中泛着火光。

然而，在这片月牙形区域对面——在斯泰恩斯、豪恩斯洛、迪顿、伊舍、奥克姆，在河流南面的山峦树林背后，从平坦的草地一路向北望去，哪里密林丛生、屋舍林立，哪里能够充当庇护之所——哪里就能看见严阵以待的大炮。信号火箭在夜空中炸响，火光乍现，又旋即消失。所有整装待发的炮兵，顿时精神紧张起来，进入戒备状态。一旦火星人进入射程范围内，那些纹丝不动的漆黑人影，那些暗夜时分闪烁微光的大炮，就将掀起暴风骤雨般的激战。

毫无疑问，在成百上千心怀戒备的炮兵们心中，始终有个疑问挥之不去，连我自己也困惑不已：火星人究竟对我们有多少了解？它们是否知道，我们井然有序、训练有素的百万之师，可谓众志成城呢？在它们眼中，人类的炮火进攻、枪弹突袭，乃至对其地盘的封锁，是否就像我们看待遭受惊扰而奋起围攻的蜂群那样呢？它们会妄图将我们赶尽杀绝吗？（当时无人知晓它们究竟以何种食物为生）我望着火星哨兵魁梧的身影，心中萦绕着上百个这样的问题。在脑海深处，我觉察出一股强大的未知力量，正潜伏在通往伦敦的路上。它们设好陷阱了吗？豪恩斯洛的军火工厂已经布下天罗地网了吗？伦敦人是否拥有决心和勇气，将他们的繁华都市变成一座比莫斯科更空旷的城池[1]？

我们蹲在壕沟中，透过篱墙向外窥视。仿佛过了许久，远处传来一声巨响，像是大炮的轰鸣。接着近处也响起炮声，而后又是一声。此时，只见我们身旁那个火星人高举手中的黑管，如同开枪似的向上射击，巨大的爆炸声震得地面剧烈摇晃。面朝斯泰恩斯的那个火星人也跟着开火。没有火光，也没有硝烟，唯有弹药上膛时的炸裂声。

隆隆的炮声每隔一分钟渐次炸响，令我兴奋不已。我竟然忘记了自身安危，也不顾烫伤的双手，便爬上篱墙，凝视着森伯里的方向。

就在这时，又是一声巨响，一枚硕大的炮弹从头顶掠过，朝豪恩斯洛飞去。我原以为至少能看见烟雾或者火光，抑或爆炸发生的其他迹象，可映入我眼帘的却只有黛蓝色的苍穹，一颗孤星闪烁其间，天幕之下到处弥漫着白雾。此刻

---

1 指1812年俄法战争。拿破仑率六十万大军兵临莫斯科城下。俄军主动撤退，将莫斯科付之一炬，成为空城。因时值冬季，法军补给线过长，不得不撤离，途中遭到俄军反攻，丧失大量兵力而败。

丝毫听不见撞击声，也没有爆炸声。一切又重归寂静，而炮声的间隔时间也延长至三分钟。

“出了什么事？”牧师站到我身旁问道。

“天知道！”我说。

一只蝙蝠扑扇翅膀飞过，而后消失在视野中。远处传来一阵呼喊声，旋即又停了下来。我再次朝那个火星人望去，它正摇晃着身躯，沿河岸向东前进，步伐飞快。

我每时每刻都期望会有隐蔽的大炮朝它开火，可是，那天夜晚却始终阒寂无声。火星人渐行渐远，身影也越来越小，不久便淹没在薄雾和深沉的夜色之中。伴随着一股莫名的冲动，我们又向上攀爬。

只见森伯里的方向有一团黑影，像是突然出现一座圆锥形山丘，遮住了远处的原野。接着，在河对岸更远处的沃尔顿那边，也有一座类似的山丘浮现在眼前。正当我们凝神注视之际，这些形似山丘的物体，变得越来越低矮，越来越宽阔。

我心中猛然一动，朝北边望去。只见一片朦胧中，第三座漆黑的山丘已经矗立在那里。

忽然之间，万籁俱寂。我们能听见，在东南方的远处，火星人彼此发出的呼叫声，更衬托出此时的宁静。随后，它们的炮弹在远处炸响，空气再度震动起来。然而，地球上的炮兵部队却没有任何回应。

当时，我们都不清楚暮光中渐次隆起的黑色山丘究竟是何物，后来我才明白它们所意味的不祥之兆。火星人们站在我先前描述的那片月牙形区域内，它们个个手持一柄形似机枪的长管，向面前每一座山丘、每一片灌木、每一排房屋，以及任何其他可能埋伏大炮的地方发射巨型弹筒。有的只射出一枚，有的则发射两枚——我们见到的那个火星人便是如此。据说，里普利的那个火星人当时发射了至少五枚弹筒。这些弹筒在地上砸得粉碎——但并没有爆炸——而是立刻释放出大量浓稠的黑色蒸汽。只见蒸汽盘旋上升，不断翻滚，凝结成漆黑的巨型积云。这座气团堆成的山丘向下沉降，缓慢地向四周的原野扩散。凡是需要呼吸的一切生物，一旦沾上这种蒸汽，哪怕只是吸入少许刺鼻性的气体，就必死无疑。

这种蒸汽比最浓稠的烟雾还要更重，因而起初会受到冲力作用猛然上涌，但随后就在空气中沉降，以液体而非气体的形式在地表流动：途经山丘，汇入山谷，流向沟渠和水道之中，与火山口涌出的碳酸气流[1]如出一辙。它一旦遇水就会发生化学反应，水面立刻覆着一层粉末状浮渣。这层浮渣完全不溶于水，它会缓慢下沉，并不断生成新的浮渣。奇怪的是，虽然触碰蒸汽会当即置人于死地，但喝下过滤浮渣的水却能安然无恙。与常规的气体不同，这种蒸汽并不能在水中

1 火山喷发产生大量二氧化碳气体。

扩散。它聚集在河岸边，沿着斜坡向下游缓慢流动，随风徐徐飘荡，很久之后才与薄雾和空气中的水汽相结合，化作尘埃落在地上。我们至今仍对这种物质的属性一无所知，只知道含有某种未知元素，在光谱的蓝色区域内呈现四条谱线。

这股黑烟刚扩散时会剧烈上涌，随后便紧贴地面流动，即便在沉降之前也如此。所以，凡是待在离地五十英尺的高处，无论是房顶，还是高层住宅的上层，或是大树上，都可免遭毒气侵袭。那天晚上，这一推断就在乔巴姆路和迪顿得到证实。

从乔巴姆路上逃离的一位幸存者，讲起他的奇妙见闻。他向我们描述黑烟盘旋上升的怪异情形，说他从教堂塔尖向下俯瞰，望见村里的房屋如鬼魅般从漆黑一片的混沌中浮现。他在塔顶待了整整一天半，又累又饿，还得遭受烈日炙烤。在蓝天和远处山岗的映衬下，大地宛若广袤无垠的黑色丝绒，红色屋顶和绿色林木点缀其间。不久，正当阳光照耀之际，朝四周望去，蒙着黑烟的灌木丛、房门、谷仓、厕所和墙壁纷纷浮现在眼前。

不过，这是乔巴姆路上的特有景象。火星人任由这股黑烟留驻此地，直至其自行沉降至地面。而按照惯例，当黑烟发挥作用之后，火星人就会径直上前喷洒一股水汽，使空气恢复洁净。

附近河岸边的黑烟就是这样被它们清除的。当时，我们回到哈利福德上城一座被遗弃的空房，借着星光透过窗户目睹这一切。我们还从那里望见，探照灯在里士满山和金斯顿山上来回摇曳。大约十一点光景，窗户嘎吱作响，我们听见部署在那里的大型攻城加农炮发出阵阵轰鸣。炮声时断时续，持续约有一刻钟。由于看不见火星人的方位，炮兵们只得朝汉普顿和迪顿的方向乱射一通。后来，探照灯暗淡的光束彻底熄灭，取而代之的是一道红色亮光。

不久，第四个圆筒从天而降——又一颗明亮的绿焰流星。后来我才得知，它坠落在布歇公园里。零星几声炮响从西南方向的远处传来，而当时里士满和金斯顿一带埋伏在山上的大炮尚未发射。我猜想，那一定是炮兵们被黑烟吞没前在胡乱开火。

于是，火星人有条不紊地向通往伦敦的乡间释放这种诡异而致命的蒸汽，就像人们用烟雾来熏蜂巢似的。它们月牙形的队伍逐渐朝两端展开，最终构成一条直线，从汉韦尔一直延伸至库姆比和梅登。一整晚，火星人都挥舞着那些枪管向前行进。自从有同伴在圣乔治山被打倒之后，火星人就再也没给人类炮兵任何开火的机会。它们向一切有可能藏匿大炮的地方发射黑烟弹筒，并用热射线来摧毁所有暴露在外的大炮。

午夜时分，里士满公园斜坡上的树林正熊熊燃烧，金斯顿山亦笼罩在火光之中。火光倒映下，一张黑烟编织的巨网将整片泰晤士河谷覆盖起来，并向一望无际的远方延伸。两个火星人在黑烟中缓慢跋涉，还向沿途各地喷射蒸汽，一路上嘶嘶作响。

那天晚上，火星人对热射线的使用颇为节制。这也许是因为生成热射线的原料供给有限，抑或它们并不想彻底摧毁这片土地，而只是想镇压它们所招致的抵抗，将人类吓退罢了。对于后者，它们显然已经达到目的。人类有组织的反击行动，已于周日夜晚宣告收场。自此，再也无人敢反抗火星人，因为任何反抗都是毫无希望的，甚至连鱼雷艇和驱逐舰上的船员也都拒绝靠岸——他们原本应将速射炮运到泰晤士河，但却集体哗变，再度朝下游驶离。那晚以后，深挖陷阱、掩埋地雷，便是人类唯一敢付诸实施的抵抗行为。可即便使出浑身解数，终究仍是螳臂当车之举，难以为继。

不难想象，那些深夜里苦守待命的炮兵，在通往伊舍的沿途中，将遭受何种厄运——恐怕无人能幸免于难。你脑海中或许会浮现这样的图景：一切都在按部就班地进行中。军官们时刻戒备，炮兵们则蓄势待发，手边堆放着弹药，炮兵驭手调集车马，围观人群紧挨着警戒线依次站定。夜，寂静无声。救护车和医疗帐篷里躺着韦布里奇来的伤员。不久，耳边传来火星人发射炮弹时沉闷的轰鸣，笨重的炮弹越过树梢和房屋，坠落在邻近的原野上。

你也可能产生如是联想：众人突然转移注意力，不断膨胀翻滚的黑烟迎面而来，继而盘旋向上升入高空，使黑夜更为黯淡无光。这诡异而又可怖的蒸汽杀手向其猎物直扑而去，靠近它的人群和马匹变得若隐若现。人们奔走呼告，却一头栽倒在地，发出绝望的呐喊。大炮转眼间已被抛弃，濒临窒息的士兵在地上痛苦地扭动身躯。山锥似的黑烟迅速扩散，显得晦暗不明。然后，便只剩黑夜和死亡——唯有这股难以穿透的蒸汽，悄无声息地将死者包裹其中。

破晓之前，黑烟已在里士满的街道上肆虐。政府已陷入分崩离析的状态，正拼尽最后一丝气力，向伦敦居民发出逃亡警告。

第十六章　伦敦逃亡记

至此，你应该已对这股恐慌之潮有所认识。周一黎明时分，它便席卷这座世界上最大的城市——逃亡民众迅速汇聚成一股急流，裹挟着无数泡沫向各大火车站周围猛烈冲刷，又为争抢船只在泰晤士河畔兴风作浪，随后穿过每一条通路，朝北边和东边奔涌而去。十点钟的时候，警务机关就已乱作一团。而中午刚过，连铁路部门也失去控制。一切都陷入混乱局面，秩序颠倒，效率低下。最终，整个社会体系崩塌，如洪水决堤，迅速泛滥，一泻千里。

早在周日午夜，泰晤士河以北各条铁路，以及东南铁路坎农街站的居民，就已收到警告，一时间火车上人满为患。甚至凌晨两点，人们还在为争夺一处立足之地，而在车厢里大打出手。到了三点，连距离利物浦街站几百码之遥的主教门街，又出现踩踏推搡的人潮。人群中不时传出枪声，还有人遇刺负伤。奉命前来指挥交通的警察身心俱疲。他们本该保护民众，却气急败坏地冲着人们的脑袋一阵猛打。

天渐渐明亮起来，火车司机和司炉工都拒绝返回伦敦。在逃难的压力驱使下，离开车站沿路北撤的人越来越多。中午时分，有人已在巴恩斯看见火星人的身影。一团徐徐下沉的黑色蒸汽，顺着泰晤士河，从朗伯斯区的公寓一带飘过。随着烟雾缓慢游移，桥上的逃生之路被悉数切断。另一团黑烟则飘到伊灵区上空，使城堡山上一小群幸存者围困其中。这些人虽然存活下来，却始终无法逃离此地。

我弟弟本打算从查尔克农场站搭乘西北铁路列车，但却徒劳而返——因为火车在装货区载满货物之后，便费力地从尖叫的人群中驶离。十几位彪形大汉竭力抵挡汹涌的人潮，以免他们将司机挤到锅炉上——于是，我弟弟只得走回查尔克农场路上。他左躲右闪地穿过飞驰而过的车流，冲到一家自行车店，并有幸率先抢到一辆车。当他把自行车从橱窗里拖出来时，前胎被刺破了。可他已无暇顾及，赶忙骑上车就跑。幸好，除了手腕稍有划破之外，他并没有再受伤。行至哈弗斯多克山，几匹马翻倒在陡峭的山脚下，挡住了我弟弟的去路，于是他只好拐向贝尔塞兹路。

就这样，他逃离惶恐不安的人群，绕着埃奇韦尔路骑行。大约七点，他抵达埃奇韦尔。尽管又累又饿，但他已经将逃难的人潮远远甩在身后。一路上，好奇的民众站在路边，满腹狐疑地朝他打量。几个骑车人和骑马者，以及两辆汽车都从他身旁超过。在离埃奇韦尔一英里的地方，车轮钢圈突然坏了，自行车无法再骑。他把车扔在路边，徒步跋涉进入村庄。主路两旁，有几家商店半开着门，人们聚集在步道上、门廊下或是窗户边，目瞪口呆地注视着这群先期抵达的逃难怪客。我弟弟在一家旅店吃了点东西。

他在埃奇韦尔停留片刻，不知接下来该何去何从。逃亡的人群越聚越多，其中不少都和我弟弟一样，似乎想待在这个地方。此时还没有关于火星侵略者的最新消息。

当时，马路上拥挤不堪，不过还远不及阻塞的地步。这时候大多数逃难者都还在骑自行车，不久就出现各种汽车、双轮双座马车和四轮马车，在通往圣奥尔本斯的路上扬起漫天尘土。

一个模糊的念头浮现在我弟弟的脑海：到切姆斯福德去，因为几个朋友住在那里。于是，他最终拐到一条僻静小路，向东而去。没过多久，他遇到一道篱墙，越过之后便沿着小径朝东北方向走去。他途经几座农舍和一些鲜为人知的小小村落。一路上，逃难者寥寥无几，直到他抵达通往高巴尼特那条杂草丛生的小道才撞见两位女士，并与其结伴同行。相遇之时，他正好赶得及搭救她们。

他听见女士们在尖声叫喊，便急忙转到路口，看见她们坐在一辆小型轻便马车里，两个男人正使劲把她俩往车外拉，还有个人费力拽着小马驹的脑袋，那匹马显然受到惊吓。其中一位女士身材矮小，穿着白衫，一个劲地叫嚷着。另一位肤色黝黑，身材修长。她一条胳膊被男人按住，另一只挣脱的手举起马鞭，向那男人猛抽。

我弟弟立刻就明白这是怎么回事，他大喊一声冲了过去。其中一个男人停下手，朝他转过身来。我弟弟看到对方脸上的神情，便知一场鏖战在所难免。我弟弟是个专业拳击手，只见他径直冲上前去，将那男人一拳打倒在车轮下。

现在可不是拳击手讲究绅士风度的时候。我弟弟又踢了他一脚，使对方不敢吭声。然后，他揪起另一个男人的衣领——就是按住高个子女士胳膊的那个男人。这时，他听见马蹄声传来，脸上被马鞭抽了一下。原来是第三个男人，正一拳打在他的双眼之间。被我弟弟揪住的男人趁机脱身，顺着来时的方向一溜烟儿地逃跑了。

我弟弟被打得有些晕头转向。他发现那个拽着马头的人就站在自己跟前，这才注意到马车已东摇西晃地沿着小道离开，两位女士在车上向后张望。他面前这个男人身形魁梧，正试图向他扑来，却被我弟弟一拳打在脸上。这时，我弟弟突然意识到自己孤身一人，于是转身躲开，朝马车的方向追去。那个壮汉紧追不舍，刚才逃跑的那个人也折返归来，远远地跟在后方。

突然，我弟弟绊了一跤摔倒在地，紧跟着他的男人径直冲到前面。我弟弟从地上爬起来，发现自己与那两个男人再度迎面相对。若非高个子女士勒停马车，挺身而出回来帮忙，他绝无胜算可言。似乎那女士一直携带着左轮手枪，不过她与同伴遇袭时，手枪正放在座位底下。这时，她从六码开外射了一枪，差点击中我弟弟。那个胆小的强盗仓皇而逃，他的同伙紧随其后，责骂他是个孬种。他们在路边停下脚步，发现那第三个男人躺在那里，失去了知觉。

“拿着！”那个高个子女士说着，把枪递给我弟弟。

“快回车上去。”我弟弟一边说，一边拭去嘴唇开裂处的血迹。

她一言不发地转过身去——他们俩都有些气喘吁吁——他们回到那个白衣女士所在之处，只见她正努力勒住受惊的马驹。

那几个强盗显然受够了这一切。当我弟弟再次回头张望时，他们早已溜得无影无踪。

“如果可以的话，”我弟弟表示，“我就坐在这里吧。”说着他坐到车前的空位上。高个子女士回头看了看。

“把缰绳给我。”她喊道，然后在马驹身上抽了一鞭。他们驾着车在路口拐了个弯。很快，三个强盗消失在了我弟弟的视野中。

一切都如此出人意料。我弟弟发现自己正喘着粗气，与两位女士一同行驶在无名小道上。他嘴唇开裂，下巴瘀青，指关节还沾着血迹。

他得知，她俩一个是外科医生的妻子，另一个是他妹妹，住在斯坦摩尔。凌晨时分，那医生从平纳镇的一个危重病人那里出诊归来，半路在火车站听说火星人进攻的消息。

他连忙赶回家，唤醒他妻子和妹妹（家里的仆人已经在两天前离开了）——收拾好一些必需品，并将自己的左轮手枪藏在马车座位底下（算我弟弟走运）——叫她们驾车去埃奇韦尔，打算在那里乘火车。他自己留下来通知邻居们。他说他随后就会赶到，预计在凌晨四点半左右。可现在已经将近九点，却仍不见他的踪影。由于来往的逃难者越来越多，她们无法在埃奇韦尔久留，因而走上这条岔路。

当时，他们一行三人在新巴尼特附近再次停下车，两位女士断断续续地将上述经过告诉我弟弟。我弟弟答应同她们待在一起，至少等她们明确去向，或是等医生赶来再离开。为了让她们放心，我弟弟还自诩是个神枪手——实际上他对左轮手枪的用法一窍不通。

他们在路边就地安营扎寨，那匹马在树篱中显得很是高兴。我弟弟向她们讲述了自己从伦敦出逃的经过，并将他所知关于火星人的一切及其动向都告诉她们。太阳逐渐爬上树梢，不久他们便无甚话题，于是陷入等待的焦虑之中。几个行人从路边走过，我弟弟想方设法向他们打听消息。只言片语的回答令他深感忧虑，他意识到人类遭遇空前危机，这也使他更加确信：逃亡行动，事不宜迟。他催促两位女士尽快动身。

“我们有钱。”高个子女士说，她显得有些踌躇。

她与我弟弟彼此对视后，便不再犹豫。

“我也有钱。”我弟弟说。

她说她俩有三十金镑，此外还有五镑纸钞。她提议，这些钱也许可以在圣奥尔本斯或者新巴尼特搭乘火车。我弟弟却认为这不可行，他曾目睹伦敦人争抢火车的混乱场面。于是，他提出自己的打算：穿过埃塞克斯前往哈里奇港，然后从那里彻底逃离这个国家。

埃尔芬斯通夫人——这是那位白衣女士的名字——对此番讨论充耳不闻，只顾叫唤着“乔治”这个名字。她小姑妹却出奇地冷静审慎，最终同意我弟弟的提议。就这样，他们继续朝巴尼特走去，计划穿过北方大道。我弟弟牵着马，以便节省它的体力。

烈日当空，天气异常炎热。脚下那层厚厚的白沙变得愈发滚烫，也更加刺眼。他们因此只得缓慢前行。飞扬的尘土将路边的树篱染成灰色。当他们向巴尼特走近时，耳边躁动的低鸣声也变得更为清晰可辨。

他们遇见的逃难者越来越多。大多数人都目光迟滞，口中念念有词，一副疑惑不解的模样。这些人个个面容枯槁，衣冠不整，显得疲惫不堪。一位身穿晚礼服的男人从他们身后走来，两眼始终盯着地面。他们听见他发出某种声音，便回头张望，只见他一手揪着头发，一手在空中乱晃，似乎在敲打着某种隐形之物。他一阵勃然大怒之后，头也不回地继续前行了。

我弟弟一行人接着朝巴尼特南边的十字路口走去，途中看见一位女士穿过左边的田野朝马路走来，怀里抱着一个孩子，身旁还跟着两个。接着，映入眼帘的是一名黑衣男子，身上脏兮兮的，一手拄着粗大的拐杖，一手提着小型旅行箱。不久，转过街角后，在这条小路与大路交会处的别墅群之间驶来一辆小型马车。拉车的黑色马驹浑身淌汗，赶车者是一位肤色蜡黄的少年。只见他头戴圆顶高帽，满身尘土。车上坐着三个姑娘，像是伦敦东区工厂的女工，还有两个孩子挤在车厢里。

“去埃奇韦尔是走这里吗？”赶车的少年问道。他脸色煞白，双目圆睁。我弟弟告诉他，往东走即可抵达埃奇韦尔。他没来得及道谢便扬长而去。

我弟弟发现，眼前的屋舍楼宇上空升腾起一股浅灰色的气团，似烟似雾。别墅后墙之间，那条大路若隐若现，对面排屋的白色外墙掩映在烟雾之中。突然，埃尔芬斯通夫人尖叫起来。只见热浪滚滚的碧空下，他们面前的房屋吐出赤红色的火舌，还夹杂股股浓烟。耳边原本躁动的低鸣声，此时混杂着各式各样的声响：有车轮的摩擦声，马车的嘎吱声，还有时断时续的马蹄声。离十字路口不足五十码的地方，小路上出现一道急转弯。

“天呐！”埃尔芬斯通夫人喊道，“你这是带我们去哪里啊？”

我弟弟停住脚步。

大路上人声鼎沸，摩肩接踵的人潮向北方涌去。路面尘土飞扬，在阳光照耀下泛着白光，使离地二十英尺以内的任何事物都蒙上一层灰影，显得朦胧不清。马匹蜂拥而至，行人步履匆匆，加之各式车辆纷至沓来，因而烟尘此起彼伏，终日不断。

“让开！”我弟弟听见有人在喊。“快让开！”

向小路与大路的交汇处前行，就如同冲进浓烟弥漫的火场。人头攒动仿佛簇簇火焰，滚烫刺鼻的烟尘扑面而来。事实上，大路不远处，有座别墅的确燃着熊熊大火。一团团黑烟朝路面翻腾，令场面更为混乱不堪。

两个男人从他们身旁路过。接着走来一个蓬头垢面的女人，肩扛沉重的包裹，哭丧着脸。一条迷路的猎犬吐着舌头，踌躇不决地在他们四周徘徊，一副担惊受怕的可怜模样。我弟弟吓唬了它一下，它便溜走了。

他们放眼望去，只见通往伦敦的路上，喧嚣的人流在屋舍之间涌动。行人个个衣衫褴褛，匆匆赶路，两旁的别墅将人潮包围其中。当众人冲向街角时，乌黑的脑袋和簇拥的身体显得分外清晰。很快，众人穿过路口，再度涌入渐行渐远的人潮，最终消失在飞扬的烟尘之中。

“快走！快走！”人们大声疾呼。“让开！让开！”

众人你推我搡，而我弟弟则站在小马驹旁。眼看此情此景，他不由自主地沿着小路一步步缓缓向前走去。

埃奇韦尔已成纷乱之地，查尔克农场也是一片嘈杂景象。而这里却是全城逃亡。这场面简直让人难以想象。人们倾巢而出，冲过街角，背影渐行渐远。沿着路边走的皆是步行者，他们生怕被车辆撞到，于是踉跄着走在壕沟中，彼此间时有擦碰发生。

货运马车和四轮马车相互紧挨着，速度更快、等候不及的后方车辆根本没有多少超车余地。后面那些马车但凡一有机会，就拼命向前冲，吓得路人不得不靠边躲闪，倚在篱墙和别墅大门旁。

"赶快！"有人大呼小叫。"赶快！它们来了！"

有辆货运马车上站着一个盲人，身穿救世军制服，一边用弯曲的五指比画手势，一边大声祈祷："永生！永生！"他声音沙哑，嗓门却很大，因此尽管他的身影早已消失在烟尘中，我弟弟仍能听见他在叫唤。有些人挤在四轮马车上笨拙地鞭打马背，还与其他马车夫吵架；有些则一动不动地坐着，眼神呆滞，一副悲惨的神情；还有些人渴得直咬自己手指，更有甚者干脆趴在后车厢上。马匹的口衔上冒着白沫，眼睛里更是布满血丝。

路上是不计其数的出租马车、四轮马车、商店专用马车和货运马车，还有一辆邮政马车、一辆印有"圣潘克拉斯教区"字样的清道马车，以及一辆满载壮汉的大型木材货运马车。一辆酿酒厂的运货专车辘辘行驶，左侧两个车轮上溅有鲜血。

“快让开！”人们不停叫喊。“快让开！”

“永——生！永——生！”那回声从远处传来。

人群中有几位衣着考究的女士，拖着沉重的步伐走来。她们神情哀伤，面容枯槁。身旁的孩子们边走边哭，一路跌跌撞撞，华丽的衣衫上沾满尘土，疲惫的脸颊上涕泪横流。她们身边几乎都跟着男人，有时会援手相助，有时又垂头丧气，举止粗鄙。与这些人一同挤在人潮中的，还有不少街头无业游民。他们面带倦容，一身黑衣破旧不堪，眼睛瞪得滚圆，不停地高声咒骂。有些身强力壮的工人，从人群中挤出一条路来，还有些可怜兮兮、蓬头垢面的人，看打扮应该是职员和店员，挣扎着走走停停。我弟弟还看见一名负伤的士兵，一群身穿铁路搬运工制服的人，还有个可怜的家伙，穿着睡衣，披着一件外套。

虽然各路人马林林总总，却有一个共同之处：他们脸上都流露着恐惧和痛苦的神情，心中更是害怕至极。无论是半途中的骚乱，抑或马车上的争执，都不断驱使整个逃亡队伍加快步伐，甚至连一个吓得跪地、魂不守舍的人，也不由得振作精神，继续向前赶路。酷热的天气和飞扬的尘土令众人难以招架。他们皮肤干燥，嘴唇发黑干裂，加之口渴难耐，双腿酸痛，浑身疲惫不堪。在此起彼伏的哭喊声中，还不时传来争吵声、责骂声，以及心力交瘁的呻吟声。大多数人的声音都变得嘶哑而又虚弱。只听人们反复呼喊着：

“让开！让开！火星人来了！”

鲜有人驻足停留，脱离逃亡人潮。小路倾斜而出，与大路相连，道口极为狭窄，会让人产生错觉，以为这是伦敦通往此地的道路。然而，依然有人抵不过人流漩涡而涌入这个道口。羸弱者们被挤出人潮，多半是为了休息片刻，以便再次挤进人潮之中。小路不远处，躺着个男人，两个朋友正俯身照看他。只见他光着一条腿，缠着血迹斑斑的破布。他可真幸运有朋友在身边。

有个矮小的老头，留着部队招牌式的胡须，穿着脏兮兮的黑色礼服大衣，一瘸一拐地从人群中走出来，在马车旁坐定。他脱下靴子——袜子已沾满血迹——抖落出一颗石子，接着继续蹒跚前行。随后，过来了一位小女孩，孤身一人，约八九岁的模样。她钻到我弟弟身旁的篱墙下，拼命哭喊：

“我走不动了！我走不动了！”

我弟弟从麻木中幡然醒悟，连忙将她抱起身，轻声安慰她，并将她托付给埃尔芬斯通小姐照看。可我弟弟一碰她，她就变得一动不动，似乎已被吓得魂不附体了。

“埃伦！”人群中有个女人在尖叫，语带哭腔——“埃伦！”小女孩突然从我弟弟身边跑开，哭喊着：“妈妈！”

“它们来了。”一个骑马的男人嚷道，说罢便沿着小路远去。

“那边的，快让开！”一位马车夫站在车头，厉声喝道。我弟弟看见一辆车门紧闭的四轮马车转向小路而来。

众人项背相望，以便避让马车。我弟弟连车带马，将他们三人的马车拖到篱墙边，而那车夫则驾车驶过，停在小路拐角处。那辆四轮马车的车辕上本应拴着两匹马，可现在却只有一匹。透过烟尘，我弟弟隐约看见两个男人正用一副白色担架抬起什么东西，然后轻轻地放在女贞树篱下的草地上。

其中一个人冲我弟弟跑来。

“哪里有水？”他问，“他快不行了，口渴得要命。是加里克勋爵。”

“加里克勋爵？”我弟弟追问道，“首席大法官[1]？”

“有水吗？”他又问。

“那里可能有水龙头，”我弟弟回答，“在那几栋房子里。我们没有水。我不能抛下我的同伴。”

那人推开人群，朝转角处那栋房屋的大门跑去。

“快跑！”人们呼喊着，簇拥在他身后，“它们来了！快跑！”

这时，一张留着络腮胡的鹰脸男子引起了我弟弟的注

1 首席大法官（Lord Chief Justice）：英国司法机构和各级法院的首长。

意。他拎着一只小手提包，那包就在我弟弟眼皮底下裂开来，从里面滚出一堆金币，全部散落在地上。金币在众人的双脚和凌乱的马蹄之间打转，滚得到处都是。那人停下脚步，呆呆地望着地上的金币。一辆出租马车的车轴撞到了他的肩膀，使他打了个趔趄。他惊叫一声，朝后一躲，恰好与车轮擦身而过。

"让开！"他周围的人喊道，"快让开！"

马车刚一驶过，他就张开双手朝那堆金币扑过去，开始一把把往自己口袋里塞回去。转眼间，一匹马冲到他身旁，他还未直起身就被踩在马蹄下。

"停下！"我弟弟尖叫着，推开挡在前面的女人，试图勒住那马的口衔。

还没等他抓到，就听见车轮下传来一声惨叫。只见烟尘之中，车轮已从那可怜鬼的背上碾压而过。车夫挥起马鞭朝我弟弟抽来，他连忙绕到车后。人群喧闹不堪，我弟弟感到一阵耳鸣。那人在尘土中痛苦地扭动身躯，周围是散落的金币。车轮碾断了他的背脊，下肢也被彻底压瘸，他动弹不得。我弟弟站起身来，喊着后面那个车夫，一个骑着黑马的男人应声过来帮忙。

"把他抬到路边去。"这人建议。我弟弟用空着的那只手揪住那个可怜鬼的衣领，用力将他往旁边拖。可他仍然紧紧抓住自己那堆钱，目光凶恶地盯着我弟弟，还用握满金币的手不断敲打我弟弟的胳膊。“快走！快走！”后面的人怒吼道，“让开！让开！”

一辆四轮马车的车辕撞上那个骑马男子停在身旁的马车，顿时一片狼藉。我弟弟正抬头张望，那个死抓金币的男人扭过头来，一口咬在我弟弟揪住他衣领的那只手腕上。随着一阵剧烈震动，那匹黑马受到惊吓逃到路边，拉车的马也被牵到边上。马蹄差点踩到我弟弟的脚。他松手放开那个可怜鬼，往后一退。只见那人脸上的神情由愤怒变为恐惧，转眼间就淹没在人海之中。我弟弟被挤到后面，又在推搡的人流中穿过道口。他大费周章才得以折返。

他看见埃尔芬斯通小姐捂着眼睛，而有个孩子长得一副人见人爱的模样，正瞪大双眼，凝视着一个沾满尘土的东西。那东西黑乎乎的，在地上一动不动，被滚动的车轮来回碾轧。“我们回去吧！”我弟弟一边喊，一边牵着马驹准备掉头。“这鬼地方——我们根本过不去。”他嚷道。于是，他们原路返回走了一百码，直到看不见拥挤的人群。当他们经过小路转弯处时，我弟弟看见那张垂死者的脸。加里克勋爵躺在女贞树下的沟渠里，面无血色，形容枯槁，晶莹的汗水不断流淌。车上两个女人一声不吭，蜷缩在座位上，浑身颤抖。

途经转弯处后，我弟弟再次停下脚步。埃尔芬斯通小姐脸色惨白，而她兄嫂则坐在那里哭泣，伤心得连“乔治”都不再叫唤。我弟弟感到十分害怕，却不知所措。但刚撤回到原地，他便马上意识到，必须立刻穿过那个十字路口，事不宜迟。他转身面朝埃尔芬斯通小姐，顿时坚定起来。

“我们必须走那条路。”他说着再次掉转马头。

此时，这位姑娘再次展现出她的勇气。为了挤回逃亡队伍中，我弟弟冲进人海，拦住一辆出租马车。而她乘机赶着马车从那辆车前越过。就在这时，他们的车轮被一辆货运马车绊住，车上的一块长条木板被硬生生扯裂。转眼间，他们就被车流所裹挟，身不由己地向前挪动。我弟弟遭到出租马车夫的鞭打，脸上和手上都留下血痕。他迅速爬进他们的四轮马车里，从埃尔芬斯通小姐手中接过缰绳。

“如果后面那个人使劲推我们，”我弟弟说着，把枪递给她，“就拿左轮手枪对着他。不！——还是对着他的马。”

接着，他开始寻找机会穿到马路的最右边。可是，一旦他涌入人潮，似乎就变得意念全无，任凭自己成为逃亡大军的一员，行进在烟尘之中。他们随着滚滚人流途经奇平巴尼特，待他们终于挤到队伍另一边时，已是离城镇中心近一英里开外的地方。四周皆是难以名状的喧闹和嘈杂。不过，城镇内外都有不少岔路，或多或少能使人流压力得以减轻。

他们穿过哈德利向东走。道路两旁，乃至更远的地方，都能看到大批民众在溪流中饮水，还有些人为了争抢水源而大打出手。再往前去，他们望见两列火车，从东巴尼特附近的山丘上缓缓驶过。它们一前一后，车身上既无任何标记，也无车次序号——车厢里人满为患，连火车头背后的煤堆旁也挤着人——沿着大北方铁路线行驶。我弟弟估计，他们一定是在伦敦以外的地方上车的，因为极度的恐慌情绪那时已在人群中蔓延，市中心的火车站根本无法发车。

下午剩余的时间里，他们就在离这里不远的地方驻足休息，因为这一天惊心动魄的逃亡之旅早已令他们精疲力竭。他们逐渐感到饥饿难耐。夜凉如水，他们谁也不敢睡觉。当天晚上，他们驻地附近的马路上有许多人匆匆经过。那些人想要逃脱面前未知的危险，继而朝着我弟弟来时的方向一路远去。

第十七章 “雷神之子”

倘若火星人的目标只是毁灭人类的话，它们本可以在周一那天就将伦敦城的人口赶尽杀绝，因为那时人们正向周边各郡逃散，行动迟缓。无论是横穿巴尼特的路上，还是途经埃奇韦尔和沃尔瑟姆修道院的路上，抑或向东通往索森德和舒伯里内斯的路上，乃至泰晤士河以南直达迪尔和布罗德斯泰斯的路上，到处可见歇斯底里的逃亡大军。那个六月的清晨，如果有人乘坐热气球在蔚蓝的天穹俯瞰伦敦，观察纵横交错的街道，便会发现：每条向北和向东的道路，似乎皆有逃难者跋涉的身影，像黑点般不断游移。每颗黑点即是一个被恐惧所支配的人，身体深受折磨，苦痛不堪。在上一章里，我已详细描述我弟弟途经奇平巴尼特的历程，以便读者充分领略，当事者眼中，这些蜂附云集的黑点究竟是何模样。纵观世界历史，还未曾有这么多人集体逃亡、共同受难的场面。传说中的哥特人和匈奴人，虽坐拥亚洲有史以来规模最大的军队，但与眼前这支逃亡大军相比，不过是沧海一粟。这根本不是纪律严明的行军，而是狼奔豕突的撤逃——规模巨大，骇人听闻——既无秩序，也无目标。六百万人手无寸铁，粮尽援绝，只顾向前冲锋。这是文明崩溃的先声，也是人类灭亡的肇端。

热气球上的人可以看到，在其正下方，是连绵不绝的街道、屋舍、教堂、广场、月牙形街区、花园——全都空无一人——向四面八方延伸，构成一幅巨型地图，而南部地区则被“污渍”所覆盖。在伊灵、里士满和温布尔登，仿佛有支硕大无比的钢笔将墨水洒在地图上。每一滴黑色“污渍”都在逐渐扩散，接连不断地朝各处蔓延，时而因地面隆起而受阻，时而又迅速越过山顶，朝新发现的河谷俯冲而下，宛如一滴墨汁在吸墨纸上晕染开去。

远处，在泰晤士河南岸高耸的山上，亮光闪闪的火星人正在来回游走，镇定而又有条不紊地四处喷洒毒气烟雾。当烟雾发挥作用之后，它们再用水蒸气来净化空气，最终占领这片成功征服的土地。它们的目的似乎并非将人类彻底赶尽杀绝，而是想摧垮人们的斗志，瓦解一切抵抗力量。它们将沿途所见一切弹药库逐个引爆，并切断所有电报通信，捣毁各地铁路交通。凡此种种，只是为了使人类寸步难行。火星人好像并不急于扩大行动范围，那天它们始终待在伦敦的中央地带，不曾离开。恐怕周一清晨，还有相当一部分伦敦人尚未走出家门。可以肯定的是，其中不少人已被黑烟活活熏死在家中。

大约中午时分，伦敦池[1]呈现出一派令人惊愕的景象。只见汽船和各式船舶纷纷停靠在岸，因为愿以高价登船的逃难者都聚集于此。据说，许多试图游泳登船的人，都被人用船篙捅下去，溺水而亡。下午一点左右，黑衣修士桥的桥拱之间飘来一缕残存的黑烟。伦敦池顿时陷入一片恐慌，打斗和争执轮番上演，大批船舶和游艇一度堵在塔桥[2]北面的桥拱下，水手和驳船工不得不拼命推开从河边游来的人。事实上，还有人干脆顺着桥墩往下爬到船上。

一小时后，钟楼[3]那边出现一个火星人的身影。当它蹚水而过时，莱姆豪斯附近的河面已空空如也，唯有一些船只残骸在水中漂荡。

我过会儿再来详述第五个圆筒降临之事。先说坠落在温布尔登的第六颗流星。当时，我弟弟正在草地上守夜，身旁两位女士已在马车上熟睡。他远远地看见山的那边闪现一道绿光。周二那天，他们一行人还抱有渡海出逃的想法，于是穿过涌动的人潮，向科尔切斯特[4]进发。火星人攻占伦敦的消

---

1 伦敦池（Pool of London）：泰晤士河的部分河段，从伦敦桥至莱姆豪斯（Limehouse）的区域。

2 塔桥（Tower Bridge）：横跨泰晤士河的悬索桥，因毗邻伦敦塔而得名。

3 钟楼（Clock Tower）：即“大本钟”（Big Ben），伦敦威斯敏斯特宫钟楼。现更名为伊丽莎白塔。

4 科尔切斯特（Colchester）：埃塞克斯郡的城镇。

息已被证实。有人在海格特[1]看见它们，据说甚至连尼斯登[2]也有目击者。然而，我弟弟直到第二天才见到火星人。

就在那天，四散奔逃的民众开始意识到自己对食物的迫切需求。他们越发感到饥饿难耐，因而也就顾不得所谓私有财产了。农民们个个手持武器，出门保卫自家牛棚、谷仓和尚未成熟的块根作物。许多人都像我弟弟一样向东而行，还有些人不管死活，执意返回伦敦寻找食物。那些人主要来自伦敦北郊，对黑烟的认识多是道听途说。我弟弟听闻约有半数政府官员聚集在伯明翰。在英格兰中部各郡，人们正在准备大量烈性炸药，用以制造自动地雷。

他还听说，中部铁路公司已从恐慌爆发第一天的瘫痪状态中恢复，现已重新通车。列车从圣奥尔本斯出发一路北上，以缓解伦敦周边各郡的拥堵状况。奇平昂加[3]也贴出公告，宣称北部各城镇拥有大量面粉储备，二十四小时之内便可向附近地区忍饥挨饿的难民发放面包。不过，我弟弟不为所动，仍坚持原定的逃亡计划，他们三人一整天都继续向东前进。除了这则承诺之外，他们一路上再未听见任何分派面

1 海格特（Highgate）：伦敦北部郊区，海格特公墓所在地，也译“高门”，马克思墓即坐落于此。

2 尼斯登（Neasden）：伦敦西北部郊区，隶属自治市布伦特区。

3 奇平昂加（Chipping Ongar）：埃塞克斯郡埃平森林区的集镇（market town）。

包的消息。实际上，别人也都没有听到更多有关消息。当晚，第七颗流星从天而降，坠落在樱草山上。流星划过之际，埃尔芬斯通小姐正在守夜——她与我弟弟轮流站岗。她亲眼看见了那颗流星。

周三那天，他们三个逃难者——在尚未成熟的麦田里度过一夜后——抵达切姆斯福德。在那里，有个自称“公共供给委员会”[1]的居民组织，抓住他们的小马驹作为粮食充公，却无任何回报交换，只是答应第二天分给他们一份马肉。人们传言说火星人已到埃平，还听说沃尔瑟姆修道院的兵工厂没能炸死一个火星入侵者，反而被彻底摧毁。

人们从教堂钟楼上瞭望，观察火星人的一举一动。我弟弟非常幸运，因为他选择立即前往海滨地区，而非苦等粮食，坐以待毙，尽管他们三人早已饥肠辘辘。中午时分，他们路过蒂灵厄姆。说来奇怪，那里似乎异常宁静，荒无人烟，只有几个逃难的劫匪正在搜刮食物。离开蒂灵厄姆不久，大海突然出现在他们眼前。放眼望去，还有星罗棋布的各式船只，种类之多超乎想象。

由于水手们无法再往泰晤士河溯流而上，于是便取道埃塞克斯海岸，去往哈里奇、沃尔顿和克拉克顿，随后抵达福

1　公共供给委员会（Committee of Public Supply）：该虚构的名称源自法国大革命时期“公共安全委员会”（Committee of Public Safety）。

尔内斯和舒伯里，解救那里的民众。这些船排列成一弯巨大的镰刀形弧线，两端消失在内兹岬[1]的迷雾之中。靠近海岸的是为数众多的渔船——来自英格兰、苏格兰、法国、荷兰和瑞典等地，还有从泰晤士河驶来的汽艇、游艇和电动船。远处是吨位较大的重型船，有肮脏的运煤船、整洁的商船、牲畜船、客船、运油船、不定期远洋货船，以及一艘破旧的白色运输船，甚至还有从南安普敦和汉堡驶来的邮轮。我弟弟沿着湛蓝的海岸穿过布莱克沃特河，隐约看见海面上遍布着大量船只，水手正与岸边的人讨价还价。黑压压的人群从布莱克沃特河一直延伸到莫尔登。

大约两英里之外，停泊着一艘装甲舰，吃水很深。在我弟弟看来，那模样就像船舱浸满水似的——这就是撞角军舰“雷神之子”号[2]。这是视野范围内唯一的战舰。但是，波澜不惊的海面右边——那天格外风平浪静——远处飘来一股蛇形黑烟，标志着海峡舰队[3]另一批装甲舰也已到来。当火星人发起进攻之时，这些装甲舰穿过泰晤士河港口，排列成直

---

1 内兹岬（Naze）：英格兰东海岸岬角，位于埃塞克斯郡海岸，毗邻北海。

2 “雷神之子”号（Thunder Child）是威尔斯虚构的鱼雷撞角军舰（torpedo ram）。这类舰艇在1866年利萨海战（Battle of Lissa）中首次使用，后盛行于十九世纪七八十年代。

3 海峡舰队（Channel Fleet）：保卫英吉利海峡的英国皇家海军编队，后撤销重组并入本土舰队（Home Fleet）。

线，向两端延伸。它们蓄势待发，都进入战备状态。尽管它们全程保持高度警戒，却对火星人束手无策。

一看到海，埃尔芬斯通夫人顿时变得失魂落魄，无论她小姑妹如何劝慰都无济于事。她从未离开过英格兰，宁死也不愿流落异国他乡，过着无亲无故的生活，或者其他在她看来十分可怕的事。在这可怜的女人眼中，法国人与火星人似乎没什么区别。连日来的奔波，让她变得愈发歇斯底里，惶恐不安，意志消沉。她的想法就是回到斯坦莫尔。斯坦莫尔向来是个宜居且安全的地方，他们还能在那里找到乔治。

两人费尽全力才将她劝到海滩上。很快，我弟弟就成功引起几个水手的注意。他们驾驶的这艘明轮船[1]是从泰晤士河而来。他们派了一艘小艇前来议价，三人收费三十六镑。那些人说，这艘轮船开往奥斯坦德[2]。

两点钟左右，我弟弟在舷梯口付清船费，拿着找零安全登上船。虽然船费高得离谱，但船舱里有食物供应，他们三人设法在前排座位上吃了顿饭。

船上已有四十多名乘客，有些人散尽家财才得到席位。然而，船长执意令这艘船继续载客，在布莱克沃特河停留至下午五点，直到甲板上人满为患。若非此时从南边传来炮

1 明轮船（paddle steamer）：近代蒸汽动力船的别称。船舷两侧装有露出水面的转轮，故称“明轮”。

2 奥斯坦德（Ostend）：比利时城市。

声，恐怕他还会让船多待一会儿。只见靠海的那艘装甲舰发射一枚小型火炮，算作对那炮声的回应。接着，船上升起旗帜，一股浓烟也从烟囱里升腾而起。

有些乘客起初认为炮声来自舒伯里内斯，但后来才注意到那声音越来越响。与此同时，在东南方的远处，三艘装甲舰的桅杆和船身依次露出海面，上空飘荡着滚滚黑烟。然而，远处的炮声从南边传来，很快又引起我弟弟的注意。远方灰茫茫一片，他依稀看见云雾迷蒙中升起一股烟柱。

这艘小型明轮船已拍打着水花，向镰刀形船队以东航行。地势较低的埃塞克斯海岸，逐渐变得渺茫不清，蓝得愈发深邃。这时，远处出现一个火星人，身形矮小而又模糊，正沿着泥泞的海岸从福尔内斯的方向走来。见此情形，船长在舰桥上厉声咒骂，对自己造成的延误深感懊恼，同时又惊恐不已，连船桨似乎也沾上畏惧的气息。船上所有人都站在舷墙边，或是坐在座位上，凝视着远处那个身影。那身影比陆地上的树木和教堂塔尖更高大，正模仿人类的步态，从容不迫地向前逼近。

那是我弟弟第一次与火星人相遇。此刻，他站在原地，内心讶异万分，早已将恐惧抛诸脑后。他看着那个庞然大物小心翼翼地朝明轮船的方向前进，一步步踏入水中，离海岸越来越远。随后，在克劳奇河对岸的远处，走来了另一个火星人，只见它大步流星地跨过低矮的树丛。接着，朝更远处望去，第三个火星人出现在视野里。它正蹚过闪闪发亮的泥滩，三只脚深陷其中，有如悬浮在海天之间。它们全都向海而行，似乎想去拦截所有在福尔内斯和内兹岬之间航行的船舶，以免其逃匿。为了挣脱险境，眼前这艘小型明轮船已开足马力前进，船尾不断掀起一股股水沫。可尽管如此，船却移动得出奇地慢。

我弟弟朝西北方向张望，看见大型镰刀形船队在恐惧关头已方寸大乱。一艘船正试图赶超其他船只，另一艘船则掉转航向，垂直摆正船首。汽船鸣响汽笛，喷出大股浓烟。大船纷纷扬起风帆，小艇恣意来回穿梭。面对此情此景，我弟弟望得出神，加之左边远处危险迫近，根本无暇顾及前方海上的情形。不料，明轮船猛然向前一冲（为了避免发生碰撞，这艘船忽然转向），我弟弟从他站立的座位上一头摔倒在地。只听周围充斥着惊叫声、凌乱的脚步声，以及一阵欢呼声，似乎还有人在轻声应和。汽船颠簸起来，我弟弟双手撑住甲板，身体不停晃动。

他跳起身，往右舷看去。离他们这艘东摇西晃的明轮船不足百码的地方，有个犁刀状的巨型铁块，在海中劈波斩浪。裹挟着泡沫的巨浪，朝轮船两侧翻涌，眼睁睁就将船桨推向空中，旋即又将船体往回拉，海水差点涌进甲板。

一时间，我弟弟被飞溅的水花弄得睁不开眼。当他再次睁开双眼时，这个庞然大物已经从旁边驶过，朝陆地的方向进发。它那巨大的铁制船身高耸在海面上，两个烟囱里升腾起滚滚浓烟，还不时冒着火星。这就是鱼雷撞角军舰“雷神之子”号。它正乘风破浪，前去营救受到威胁的船只。

我弟弟紧紧抓住舷墙，在晃动不已的甲板上站稳脚跟。他的目光掠过眼前奋勇前行的巨舰，再次落到火星人身上。他看见，三个火星人此刻已经聚拢在一起，站在离岸边很远的海里，三条支脚几乎全部浸入水中。从远处看，它们淹没在海面的身影，远不如那艘巨大的铁甲战舰可怕。后者疾驰而过，明轮船也随之剧烈颠簸，显得孤立无援。新对手的出现似乎令火星人有些始料未及。恐怕它们还以为，眼前这个庞然大物是自己的同类。“雷神之子”号并没有开火，而是朝着火星人的方向全速前进。或许正是因为没有开炮，才使这艘舰艇得以抵达离敌人如此接近的地方。火星人尚不知该拿它怎么办，可一旦交火，火星人定会毫不犹豫地用热射线将其击沉。

舰艇疾速航行，眨眼间就已抵达明轮船和火星人之间的海域——绵延不绝的埃塞克斯海岸线逐渐隐去，这个黑色的庞然大物也愈显渺小。

刹那间，站在最前面的火星人放下枪管，朝装甲舰射出一枚黑烟弹筒。炮弹击中左舷，与船体擦身而过，喷出如墨水般漆黑的气团，朝海面翻滚，形成一股接连不断的黑烟气浪。装甲舰迎面穿过，黑烟随即朝两旁消散。明轮船入水很深，甲板离海面较近，加之阳光甚为刺眼，因而在船上乘客看来，装甲舰似乎已经抵达火星人中间。

人们看见火星人纷纷朝岸边撤退，纤细的身影四散开来，从水里站起身。其中一个还举起形如照相机的热射线发射器，斜侧着指向下方。热射线所及之处，海面顿时翻腾起一大团蒸汽。想必热射线已经穿透轮船侧身的铁甲，亦如烧得白热的烙铁，划破纸张那样易如反掌。

一道火光从升腾的水汽中闪过，火星人东摇西晃，步履蹒跚。转眼间，它便跌倒在地，巨大的水花和蒸汽直冲天际。“雷神之子”号的大炮在水雾中接二连三地鸣响，其中一发炮弹在明轮船附近激起高高的浪花，接着朝北面几艘飞速行驶的船只反弹过去，最终将一艘单桅帆船打得粉碎。

然而，没有人留意这一切。眼看一个火星人已被打倒，船长嘴里嚷嚷着，在舰桥上振臂高呼，挤在船尾的乘客也都齐声叫喊起来。紧接着，他们又是一阵欢呼。只见一个长长的漆黑身影，从白色水雾中猛然冲出，中间部位正燃着烈火，通风管和烟囱也都在喷射火焰。

“雷神之子”号安然无恙。船舵似乎完好无存，引擎也在正常运转。它径直冲向第二个火星人，在距离不足百码的地方，再次被热射线击中。这时，伴随着一声巨响，闪过一道炫目的亮光，“雷神之子”号的甲板和烟囱被炸上天空。剧烈的爆炸场面，令火星人也不由得打了个趔趄。燃烧的舰艇残骸借着惯性继续向前，往火星人身上直冲过去，像捅破纸板似的将其撞得支离破碎。我弟弟情不自禁地惊叫起来。一切又掩映在翻滚的水汽之中。

“两个了！”船长欢呼起来。

所有人都在叫喊。从船首到船尾，近乎疯狂的欢呼声，在整条船上回荡。先是一艘船，接着所有出海逃亡的大小船只上，全都人潮欢腾，雀跃不已。

蒸汽在水面上徘徊许久，第三个火星人连同海岸线都已难以看清。明轮船在海上平稳航行，离战场越来越远。水雾最终消散之际，空中飘来大片黑烟。“雷神之子”号不见了，第三个火星人也不见踪影。不过装甲舰队此时距离很近，已从明轮船附近驶过，直奔海岸而去。

小小的明轮船继续在海上航行，装甲舰队则朝着岸边逐渐驶去。海岸依然笼罩在大理石般的气团之中，一半是蒸汽，一半是黑烟，以异乎寻常的方式旋绕交织在一起。载满逃难者的船队散布在东北方向的海面上，几艘渔船在装甲舰和明轮船之间摇曳。不久之后，装甲舰队在抵达那片沉降的烟雾之前，转向北方航行，然后又瞬间掉转船首，朝南驶向深沉的暮色之中。海岸线逐渐变得暗淡，最终淹没在落日四周低垂的层层云团之中，若隐若现。

这时，金光灿烂的晚霞中忽然传来大炮的轰鸣声，一团黑影从空中飘来。众人纷纷涌到栏杆边，凝视着西边耀眼炽热的落日，却什么都难以看清。一大团烟雾倾斜向上，冉冉升入天空，掠过夕阳的斑驳余晖。明轮船承载着众人无尽的忧虑，滚滚向前。

夕阳西下，落在灰色的云层后方。天色变得通红，继而逐渐暗沉，昏星闪烁着浮现在天穹。暮色渐深之时，船长突然指着天空惊叫起来。我弟弟使劲睁大双眼望去，只见有个东西正穿破灰色的云层，直冲天际——它倾斜向上，迅速越过西边的云彩，飞入澄澈明亮的高空。那东西又扁又宽，体积庞大，在空中划过一道回旋的曲线，然后又逐渐缩小，缓缓降落，消失在谜一般的灰色天幕之中。当它飞过之际，黑暗正降临大地。

PART 02

第二部　火星人统治地球

第一章　铁蹄之下

我在第一部最后两章，着重向诸位讲述我弟弟的逃亡历程，却没能交代自己的冒险经历，实在离题太远。事实上，在这段时间里，我和牧师一直隐藏在哈利福德那间空房里，因而在黑烟弥漫之际得以躲过一劫。我就从这里接着向诸位道来。周日一整夜，乃至整整第二天——正是恐慌爆发之日——我们始终待在那里。那是个小小的光明之岛，黑烟将我们与世隔绝。这煎熬的两日里，我们无事可做，唯有在痛苦中静静等待。

我满心焦虑，念叨着我的妻子。我想着她在莱瑟黑德成天提心吊胆，身处险境，以为我已死去，正为我哀悼。我在屋里来回踱步，想到与她天各一方，想到我不在身旁她恐怕就会遭遇不测，便止不住放声痛哭。我深知弟弟总能临危不惧，但他不懂得危险，往往后知后觉，行动迟缓。现在所需的，绝非勇气，而是小心谨慎。唯一令我稍感慰藉的是，火星人正朝伦敦方向行进，也离她越来越远。难以名状的焦虑，使我精神过敏，痛苦不堪。牧师没完没了的叫嚷更令我身心俱疲、焦躁难耐。我对他自暴自弃的模样实在忍无可忍。我对此再三抗议，可也收效甚微，只得躲开他到房间里待着——那显然是一间儿童教室——屋内摆有地球仪、长板凳和习字簿。后来，牧师跟了进来，于是我又去到屋顶的储物间。我把自己锁在房内，只想独处片刻，排遣心中的苦痛。

整整一天，乃至第二天早晨，我们都被黑烟所笼罩，深陷绝望之中。周日夜晚，我们发现隔壁房屋似乎有人——窗上闪过一张脸庞，灯光也在摇曳，后来又听见猛地关门声。可我不知他们姓甚名谁，也不晓得他们何去何从。第二天就再也没见到他们。周一上午，黑烟朝着河边缓缓飘浮，离我们越来越近，最终沿着我们藏身之处的门外的路飘来。

大约中午时分，有个火星人穿过田野朝这里走来，一路喷射超高温蒸汽来驱散黑烟。蒸汽喷在墙面上，嘶嘶作响，所经之处的窗户全都被打得支离破碎。牧师赶忙从起居室逃出来，不料还是烫伤了手。后来，我们蹑手蹑脚地穿过水汽弥漫的房间，再次向外张望。只见北边的原野像是刚遭受过黑色暴风雨侵袭。河对岸的景象更令我们瞠目结舌，焦黑的草地混杂着一抹红色，不知道是什么东西。

一时间，我们还没明白这一变化对当前的处境有何影响，只知道不用再为黑烟担惊受怕了。后来我才发现，黑烟早就消散了，我们可以从这里逃出去。意识到逃生之路就在眼前，我当即就打算采取行动。可牧师却无精打采，蛮不讲理。

“我们在这里很安全，”他反复念叨，“这里很安全。”

我决心离他而去——真要是可以离开该多好！想起先前那位炮兵的教导，我这回学聪明了，找来些食物和饮料，还找到些油和破布来处理身上的烫伤。我又在一间卧室翻出一顶帽子和一件法兰绒衬衫。牧师这才终于明白，我打算独自上路——我已下定决心独自上路——他顿时站起身跟了上来。整个下午，一切都静悄悄的，估计是在五时许，我们启程沿着焦黑的道路去往森伯里。

在森伯里，沿途各地都遍布着身体扭曲的死尸——人马皆有——还有翻倒的马车和散落的行李，上面蒙着又厚又黑的灰尘。那层煤灰色的粉末不禁让我想起曾读过庞贝古城覆灭的情形。我们顺利抵达汉普顿宫，一路所见皆是离奇又陌生的景象。汉普顿宫有片绿地，未受黑烟吞噬，总算使人得到一丝喘息的机会。我们穿过布歇公园，看见鹿群在栗树下徘徊，远处还有些男男女女正朝汉普顿的方向赶路。这是我们在这里第一次遇见人类同胞。就这样，我们来到特威克南。

在路对面，哈姆和彼得舍姆那边的树林仍燃着火光。特威克南既没有遭到热射线扫荡，也没有受到黑烟侵袭，因而周围聚集着更多民众，然而谁也没有进一步的消息。大多数人都和我们一样，趁着火星人进攻间隙更换藏身之地。我印象中许多房屋还有人居住，他们早已吓得魂飞魄散，连逃跑的勇气都丧失殆尽。在这里，路上也随处可见人们仓皇溃逃的痕迹。令我记忆犹新的是，路上堆着三辆散架的自行车，被后来经过的马车直接碾进土里。当我们穿过里士满大桥时，已是八点半光景。桥上没有任何遮挡，我们不敢怠慢，快步通过，可我仍注意到河里有些赤红色的东西，正顺流而下，有的好几英尺宽。我不知它究竟是什么——根本没时间驻足端详——于是将它们想象得比实际更可怕。而在萨里郡这边，又出现黑烟留下的焦黑尘土和死尸——堆在通往火车站的路边。然而，当我们快要抵达巴恩斯时，才见到火星人的踪影。

我们望见黑漆漆的远处有三个人，正沿着一条岔路往河边跑，其他地方似乎空无一人。山上的里士满镇烈火熊熊，但小镇外面却不见任何黑烟的痕迹。

我们来到邱镇附近时，忽然出现一大群逃亡者。只见百码开外的房顶上，隐约露出一台火星战斗机器的上半部分。突如其来的危险把我们吓呆了，倘若火星人向下俯瞰，必将瞬间置我们于死地。我们惊恐万分，不敢继续前进，只得转身躲进一座花园的木棚里。牧师蜷缩在地，暗自抽泣，再也不愿动身。

可是，前往莱瑟黑德的执念横亘在我心头，由不得我停歇片刻。于是黄昏时分，我又冒险上路。我穿过一片灌木丛，沿着一座独栋豪宅旁边的小径，来到去往邱镇的路。我把牧师留在木棚那里，但他还是匆匆跟上了我的脚步。

对我而言，这第二次启程实在是莽撞之举。因为火星人显然就在我们周围。牧师刚赶上我，我们就远远看见邱镇山庄方向的草地上有一台火星战斗机器，也许是先前见到的那台，也可能是另一台。四五个小小的黑影在灰绿色的原野上仓皇逃窜。我们顿时醒悟过来，火星人正在追赶他们。它只跨出三步，便追上了那些人。那些人在它脚下四散奔逃。火星人并未使用热射线杀死他们，而是一个个活捉起来。我们亲眼看见，它将那些人扔进身后凸起的巨型金属容器中，与工人悬在身后的背篓颇为相似。

我第一次意识到，火星人恐怕另有企图，绝非毁灭战败的人类这么简单。一时间我们呆站在原地，接着转身穿过背后那扇门，逃进一座有围墙的花园。在那里，我们幸运地找到——毋宁说是——跌进一道水沟，然后就躺在了那里。直至天上繁星点点，我们才敢相互轻声耳语几句。

据我估计，当我们鼓起勇气再次启程时，已是夜里将近十一点。我们不敢冒险走大路，只得偷偷摸摸沿着篱墙和树丛前进。火星人似乎无处不在。我们在黑暗中密切注视着火星人的动向，牧师看右边，而我看左边。途中，我们踉踉跄跄地走过一片烧得焦黑的土地。地面已逐渐冷却，满是灰烬。几具尸体凌乱地躺倒在地，头和躯干已烧得惨不忍睹，而双腿和鞋靴却还完好无损。还有几匹死马倒在地上，前面五十英尺远的地方，有一排损坏的四门大炮和几辆散架的运炮车。

西恩[1]似乎逃过一劫，一派万籁俱寂、荒无人烟的景象。在这里，我们没有发现死尸。不过天色昏暗，我们根本看不清岔路那边的情形。到了西恩，我的同伴突然抱怨起来，说他头晕口渴，于是我们决定找栋房子碰碰运气。

进入第一座房子时，我们颇费周折才打开窗户。那是一栋半独立式别墅。除了几片发霉的奶酪，我们什么吃的也没找到。不过，还好有水可以喝。我还找到一把短柄小斧，可以用它撬开下一户人家的门。

接着，我们来到另一条路上，那里通往莫特莱克。那里有一座白色房屋矗立在花园之中，四面带着围墙。在这所住宅的食品储藏室里，我们找到不少食物——盘子里盛着两条面包、一块生牛排，以及半只火腿。我之所以将它们逐一罗列出来，是因为未来两周里我们注定将以此为生。橱架下面放有瓶装啤酒，还有两袋扁豆和一些枯萎的莴苣。这间食品储藏室与厨房洗涤间相连，洗涤间里备有木柴。那里还有个橱柜，我们翻出将近一打勃艮第葡萄酒、几听罐装汤料和鲑鱼罐头，还有两筒饼干。

---

1 西恩（Sheen）：伦敦自治市里士满的郊区。

黑暗中，我们坐在毗邻的厨房里——我们可不敢点灯——吃着面包和火腿，同喝一瓶啤酒。牧师依然惴惴不安，心神不定。颇为反常的是，他此时居然同意继续赶路。而我则劝他多吃些东西养精蓄锐。就在这时发生了一件事，将我们围困在了这里。

“现在还不到午夜。”我正说着，眼前出现一道闪耀的绿光。厨房里的一切都现出原形，在绿黑相间的光影中清晰可辨，转眼间则又不见踪影。紧接着，耳边传来一声巨响，声音之大前所未有，此后也再不会听见。转瞬之间，一声轰鸣接踵而至，在我身后炸响。玻璃被震得粉碎，周围稀里哗啦落下乱石，天花板上的灰泥也纷纷坠落，砸在我们头上，裂成无数碎片。我被砸得一头栽倒，撞在烤箱把手上，顿时晕了过去。事后牧师告诉我，我一度昏迷许久。当我回过神来，我们已再次置身在黑暗之中。而牧师正用清水为我擦拭身体。后来我才发现，他的额头有一道伤口，脸上汩汩地流着鲜血。

我一时想不起究竟发生了什么事。随后才逐渐恢复知觉。而太阳穴上的瘀伤仍隐隐作痛。

“你好些了吗？”牧师轻声问道。

我挣扎许久才回应他，并坐起身来。

“别动，”他说，“地板上到处都是碗橱里摔下来的餐具碎片，你一动就会发出声响。恐怕火星人就在外面。”

我们俩一声不吭地坐着，几乎能听见彼此的呼吸声。周围一片死寂，唯有某个不知是灰泥还是碎砖的东西滚落到了地上，发出轰隆一声响动。屋外离我们很近的地方，传来一阵时断时续的金属声，嘎嘎作响。

“听！”牧师叫起来，那声音此时再次响起。

“听见了，”我说，“可那是什么？”

“一个火星人！”牧师答道。

我又听了听。

“不像是热射线的声音。”我说。我一度以为是巨大的火星战斗机器撞上这栋房屋，就像我先前见到那个火星人撞上谢珀顿教堂塔楼那样。

我们的处境相当离奇，令人难以捉摸。因而，我们连坐三四个小时，几乎不敢动弹，直至黎明来临。后来，阳光洒向屋内，但并非通过窗户——窗上仍然漆黑一片，而是透过一个三角形的缝隙照射进来。这缝隙就在我们身后的房梁和墙上一堆碎砖之间。朦胧中，我们这才第一次瞧见厨房里面的模样。

花园里的一大块泥土将窗户砸得粉碎。泥土掠过我们所坐的那张桌子，落在我们脚旁。而在屋外，泥土高高堆起，耸立在墙边。在窗框顶端，我们看见一条被连根拔起的排水管。地板上散落着金属器皿的碎片。厨房尽头通向房屋一侧已被撞塌，光线从那里照射进来，显而易见，这栋房子大部分都已塌陷。与这片断壁残垣形成鲜明对比的，是那个整洁的碗橱，被粉刷成时髦的浅绿色，里面摆放着许多铜制和锡制的容器，墙上贴着蓝白相间的仿瓷砖式墙纸，还飘动着几张快要脱落的彩印报章。

天色逐渐明亮，我们透过墙壁缝隙看到一个火星人的身躯。我猜它或许是个哨兵，正守护着那依然灼热的圆筒。目睹此情此景，我们趁着微弱的光线，尽可能蹑手蹑脚地离开厨房，爬到漆黑一片的洗涤间里。

顿时，我终于明白眼前发生的一切。

“这是第五个圆筒，”我轻声说道，“从火星飞来的第五个圆筒朝着我们这栋房子袭来，把我们埋在废墟底下了！”

牧师沉默片刻，然后小声念叨：

“上帝保佑我们！”

不久，我又听见他兀自抽泣起来。

我们静静地待在洗涤间里，只听见牧师的呜咽声。而我坐在那里，早已吓得不敢呼吸，眼睛紧紧盯着厨房门口微弱的光亮。我恰好能看清牧师那椭圆形的脸庞，暗淡无光，还有他的衣领和袖口。这时，屋外传来金属敲击声，接着是一声猛烈的啸叫。安静片刻之后，又是一阵嘶嘶声，像是引擎在运转。这些声音听起来不知所云，时断时续，而且反反复复，不曾停歇。很快，这声音就变成一种有节奏的重击和震动，令我们周围的一切都颤动不已。食品储存室里各类器皿也开始随之摇晃起来，持续不断地发出声响。光线变暗之际，厨房门前幽深的过道变得漆黑一团。我们蜷缩在那里，不敢作声，浑身战栗，不知历经了多少个小时，才在倦意中沉沉睡去……

最终，我清醒过来，感到饥肠辘辘。我估摸着我们已经睡了大半天时间。我实在饥饿难耐，不得不立即采取行动。我告诉牧师打算去寻找食物，说完便摸索着走出食品储存室。牧师并未回应。可当我刚开始吃东西时，微弱的声响使他再也按捺不住。我听见他从背后爬了过来。

第二章　废墟见闻

吃完东西之后，我们又蹑手蹑脚地返回洗涤间。想必我又打了个盹，因为当我回过神来时，发现周围只剩我一个人了。震动声依然砰砰作响，令人生厌。我轻轻叫唤牧师几声，最后摸索着来到厨房门边。此时天还亮着，我看见他待在厨房另一头，倚靠在那个面朝火星人的三角形缺口旁边。他耸着肩膀，所以我看不到他的脑袋。

我听见一连串声响，就像引擎启动时的轰鸣，而地面也随之不断震动。透过墙上的缝隙，我看见洒满金光的树梢，映照在傍晚静谧而又温暖的蓝天下。我对着牧师凝视了约有一分钟，然后蹲下身向他靠近。我走得战战兢兢，唯恐碰到地板上散落的餐具碎片。

我碰了碰牧师的腿，他猛地跳起身来，一大块灰泥从外墙滑落，摔在地面发出一声巨响。我赶忙拽住他的胳膊，生怕他叫出声来。我们蜷缩在那里，久久不敢动弹。后来，我才转过头去，查看我们的掩体是否安然无恙。只见断壁残垣上出现一道垂直的裂缝，那是灰泥脱落所致。我小心翼翼地起身，跨过一道房梁，得以从缝隙中窥视外面的景象。昨晚那里还是一条僻静的郊区小道，可现在早已面目全非。

可以肯定，第五个圆筒坠落在我们先前进入的第一座房子正中央。整栋建筑已经彻底土崩瓦解，不复存在。此刻，圆筒正陷入房屋原始地基下方——埋于深坑之中，比我在沃金看见的沙坑还要巨大。由于坠落时冲击力惊人，周围泥土四散飞溅——只能用“飞溅”一词来形容——形成高耸的土堆，遮住了大片毗邻的房屋。这场面仿佛是有一柄铁锤猛力砸过泥浆似的。我们所在的房子则向后垮塌，前半部分连同底层全都毁于一旦。尽管厨房和洗涤间幸免于难，却被掩埋在泥土和废墟之下，被数吨重的泥土所包围，唯有面向圆筒那一面仍可通过。

如此看来，我们恰好处于火星人忙着开挖的巨型圆坑外缘。那沉重的敲击声显然就来自我们身后，还不时升腾起一股绿色蒸汽，亮光闪闪，宛若薄纱，从我们窥视的洞孔中飘来。

深坑中央的圆筒已经开启。在深坑的远端，那片杂乱无章、堆满砂石的灌木丛中，矗立着一台巨大的火星战斗机器。那机器直挺挺地高耸在夜空，而操纵它的火星人早已离去。

为了叙述方便，我先描述一番深坑和圆筒的情况，但事实上我起初并未注意到它们。因为我看见一个闪闪发光的机械装置，它模样非同寻常，正忙着挖土，还有几个奇形怪状的生物，缓慢而又吃力地从旁边的土堆上爬过。

毫无疑问，最先引起我注意的是那个机械装置。那便是人们后来称之为“操控机”的一种复杂机器，对它的研究极大地推动了地球上的科技发明。乍一看，它好像一只金属蜘蛛，五条腿关节灵活矫健，躯干上还分布着无数节状杠杆、横杆，以及伸缩自如、抓放有力的触手。绝大多数触手都收缩着，唯有三条长长的触手，从圆筒外壳取下许多拉杆、金属板和圆棒，那显然是用来加固筒壁的。操控机用力将其拔出，高举起来，然后放置在背后的平地上。

操控机的动作如此敏捷、精巧、完美，尽管闪耀金属光泽，可我起初根本没想到它是机械装置。火星战斗机器固然运转协调、姿态格外灵活，仍无法与之相提并论。从未亲眼见过这种机器的人，仅仅依靠画家们的凭空想象，或是如我这般词不达意的目击证词，实在难以领略它有多么栩栩如生。

我尤其记得一本最早描写这场战争的手册，里面有一幅插图。画家显然只是粗略地对其中一台战斗机器做过研究，而其所知的一切也仅止于此。他将它们描绘成歪斜而又坚硬的三脚架，既不灵活也不精巧，整体看来相当呆板，容易令人误解。这本带插图的手册曾风靡一时，我之所以在这里提及，只是为了提醒读者，避免以讹传讹。这些插图与我亲眼所见的火星人大相径庭，就像拿玩具娃娃与人类相较，毫无可比性。依我之见，这本手册倒不如省去插图。

我上文曾说过，操控机给我的第一印象并不像是机器，而更像是一只外壳闪着亮光的蟹形生物。用灵巧的触手驱动它移动的火星人，仿佛就相当于这只螃蟹的大脑。然而，后来我发现，那灰褐色的亮光外壳如皮革一般，与远处蠕动爬行的生物极为相似，继而才识破这“能工巧匠”的真实身份。幡然醒悟之后，我的注意力便转向其他那些生物——真正的火星人。先前，我对火星人已有大致印象，因而最初相遇时的那种恶心之感，并不妨碍我继续观察它们。况且我掩护到位，不露声色，也不急于采取行动。

现在，我终于看清了。那是人类所能想象的最神秘莫测的生物。它们有着硕大滚圆的身躯——或者脑袋——直径约四英尺，每副身躯前都长着一张脸。脸上没有鼻孔——是的，火星人似乎没有任何嗅觉，却有一双深色的大眼睛，下方是一张肉乎乎的喙状嘴。在脑袋，或者身躯背后——我不知该如何形容——是一整张紧绷的表皮，像鼓膜似的。事后我们才知道，从解剖学的角度而言，那就是耳朵，但在浓稠的地球大气中想必几乎不起作用。嘴巴周围有十六根形如长鞭的纤细触手，分成两束，每束八根。后来，杰出的解剖学家豪斯教授[1]给这两束触手起了个贴切的学名：“手。”当我

1 托马斯·乔治·邦德·豪斯（Thomas George Bond Howes, 1853—1905），英国动物学家，是威尔斯在科学师范学校（即皇家科学院，现伦敦帝国理工学院）就读时的老师，曾为威尔斯的《生物学读本》（*Text-Book of Biology*）作序。

第一次看见火星人时，它们似乎就在拼命用这些手将自己撑起来，可终究是白费力气，因为地球引力使其体重陡然增加。我们有理由相信，它们在火星上必定能够徒手撑地，行动自如。

这里我再说明一下。根据后来的解剖分析，火星人身体内部的构造同样极其简单。它们体内最主要的部分是大脑，经由无数神经，连通眼睛、耳朵和触手。另外，就是庞大的呼吸器官，与张开的嘴巴相接，此外还有心脏和血管。它们的表皮始终处于痉挛状态，可以想象，地球上浓稠的大气和巨大的地心引力，令它们的肺部不堪重负。

这就是火星人身体上的全部器官。令人感到匪夷所思的是，火星人竟然没有消化器官。要知道人类的消化系统占据着身体很大部分，其构造相当复杂。火星人却只有脑袋，仅此而已。它们根本没有内脏。它们不吃东西，更不用消化，而是从别的生物身上抽取新鲜血液，再将其注入自己的静脉。我曾亲眼见到它们这么做，恰当的时候会向诸位讲述详情。但恐怕现在我实在无法描绘这场面，因为眼前的一切令人作呕，我不堪忍受，连看都看不下去。这么说吧，它们从活着的生物——绝大多数是人类——身上抽取血液，再用微小的吸管，将其直接注入自己体内的血管……

毫无疑问，单是想到这一切，就足以使人反感，甚或恐惧。但与此同时，我们应该意识到，倘若兔子有足够智慧，必然也会对我们的食肉习性深恶痛绝。

如果回想一下人类在进食和消化过程中浪费多少时间和精力，你便会明白，这种以注射维生的方式在生理上无疑是颇具好处的。我们身体有一半是由各种腺体、管道和器官所组成，不断将各种食物转化为血液。消化过程及其对神经系统产生的作用，使我们体力消耗，情绪多变。肝脏和胃腺健康与否，左右着人类的喜怒哀乐。但火星人却不会因器官变化而引起情绪波动。

毋庸置疑的是，火星人已将人类视为主要的营养来源。究其缘由，就看它们从火星上带来的食物残存——某些生物的遗骸，便可略知一二。根据后来落入人类手中的干瘪骸骨可知，它们属于两足动物，其硅质骨骼[1]相当脆弱（与海绵生物的骨骼几乎一致），肌肉也虚弱无力。它们身长六英尺，滚圆的脑袋挺立着，硕大的双眸镶嵌在坚硬的眼眶中。每个圆筒似乎都装载着两三个这样的生物，它们在着陆地球之前就已经被杀死。哪怕没有被处决，也终究难逃厄运。因为只要它们试图在我们星球上站起身来，必然粉身碎骨。

在我继续讲述之前，我想进一步补充一些细节。尽管当时我们并未注意到这些细节，但能够帮助诸位尚不熟悉火星人的读者对这种极具攻击性的物种形成更为清晰的认识。

---

1 威尔斯认为硅是外星生命的主要构成元素。

火星人的生理构造与我们人类有三点显著不同，颇为奇怪。它们的机体从不休眠，就像我们的心脏从不停止跳动一样。它们没有繁复的肌肉组织，无须恢复体力，因而也全然不知何为周期性衰竭。它们似乎少有倦怠之感，甚至从不感到疲倦。它们在地球上举步维艰，但即便用尽最后的力气，也始终保持运转状态。它们连续一天二十四小时不停工作，简直堪比地球上的蚂蚁。

其次，火星人完全没有性别之分，因而不会像人类那样因性别差异而引起剧烈的情感波动，这一点足以令我们这个两性世界惊诧不已。无可辩驳的是，战争期间确实有个火星婴孩在地球上降生。人们发现它与母（父）体相连，部分身躯已生长成形，如同百合鳞茎上萌发的珠芽，又像淡水中的水螅幼虫。

对于人类和一切地球高等动物而言，这种繁殖方式早已不复存在。即便在地球上，这种繁殖方式也可谓原始至极。对于低等动物，乃至脊椎动物的远亲——被囊动物而言，有性繁殖和无性繁殖起初同时存在，但前者最终将后者完全取代。在火星上，情况显然正好相反。

值得一提的是，早在火星人入侵之前，有一位天马行空的作家[1]，凭借半点科学声望，对人体演化的终极构造进

1 指威尔斯本人及其于1893年11月6日在英国伦敦晚报《蓓尔美街报》发表的文章《百万年的人》（*The Man of the Year Million*, 1893）。文中，威尔斯推测人类未来的模样，正是火星人的雏形。

行预测，结果与眼前的火星人如出一辙。我记得，他的预言曾刊登在1893年11月或12月的《蓓尔美周刊》上，这份杂志如今已停刊。我仍记得，火星人降临前，《笨拙》杂志还以此为题，刊发了一幅讽刺漫画。这位作家用诙谐滑稽的笔调指出，完美的机械装置终将取代人类四肢，先进的化学设备亦将取代消化系统。诸如头发、鼻子、牙齿、耳朵和下巴之类的器官，将不再是人体的必要组成部分。在岁月变迁中，它们会由于自然选择而逐渐退化，唯有大脑仍是不可或缺的器官。此外，人体上还有另一个重要部位值得保留，那就是手。手是“大脑的导师和媒介”。随着人体其他部位的退化，手会变得越来越大。

尽管文章笔调诙谐，但颇有几分道理。我们从火星人身上便可发现，具有动物属性的器官发育受到绝对抑制，智慧则成功占据主导地位，这已是毋庸置疑的事实。依我之见，恐怕火星人也是由与我们相似的物种演化而成。它们大脑和手部的逐渐进化（最终变成两束精巧的触手），皆以其他身体器官的退化为代价。大脑没有身体束缚，便理所当然地变成自私自利的智慧载体，不再具备任何人类的情感基础。

火星人与我们人类还存在最后一个显著差异，这一点也许看似微不足道，与微生物有关。微生物是地球上诸多疾病和痛苦的罪魁祸首，却从未在火星上出现过，也可能很久以前火星人依托公共卫生科学已将其彻底消灭。人类社会的上百种疾病，对火星人而言，全都闻所未闻，包括所有热病和传染病，以及肺病、癌症、肿瘤和其他类似病症[1]。谈及火星生命与地球生命的差别，我在此想提一下令我颇感奇怪的红草。

显而易见，火星上的植物王国并非以绿色为主色调，而是鲜艳的血红色。至少火星人（不知有意还是无意）带到地球上来的种子，都无一例外地长成红色的植物。不过，只有那种被人们称为“红草”[2]的植物，才在与地球植物的生存竞争中赢得一席之地。这种红色的蔓生植物生长周期很短，几乎没有人见过其生长过程。但有一段时间，红草曾蓬勃生长，繁茂异常，在我们被围困的第三天或第四天，就已蔓延至深坑边缘。它的枝蔓形似仙人掌，在我们三角形的窗框周围形成一道深红的边缘。后来，我发现整片原野都爬满红草，溪水流淌过的地方更是如此。

火星人脑袋（身体）背后长着一整块圆形鼓膜，似乎是它们的听觉器官。火星人眼睛的视域与人类没有太多差别，唯一不同的是，据菲利普研究发现，蓝色和紫色在它们

---

1 威尔斯在代表作《时间机器》中畅想了未来社会疾病彻底根除的景象，并预言由此带来的后果。

2 红草（red weed）：虚构的植物。根据法国十九世纪天文学家卡米伊·弗拉马利翁（Camille Flammarion, 1842—1925）的假设，火星表面的红色与生长的植物有关。

看来都与黑色一样。人们普遍推测，火星人通过声音和触手的姿势进行交流。例如，我先前提过的那本匆匆编纂的手册（显然作者未曾亲眼见过火星人）就是如此断言的。手册写得颇为精彩，至今仍是了解火星人的主要信息来源。事到如今，没有哪个活着的人像我这样会与火星人屡屡相遇。我并非刻意自诩，一切纯属偶然，但事实也的确如此。我敢肯定地说，我曾多次近距离观察它们，还见过四五个，甚至（有一次）六个火星人，一同实施极为复杂的操作，行动无比迟缓，整个过程既无声音，也无手势。它们在注射吸食之前总会发出一阵古怪的啸叫，毫无音调变化，在我看来这绝非传递信号，只是在排气，为吸食做准备而已。我自认为至少还有些心理学的基础知识，所以关于这件事，我确信——就像我坚定地确信其他事情一样——火星人交流思想根本无须通过任何物质媒介。我深信不疑，尽管我曾对此颇有成见。恐怕有读者还记得，在火星人入侵之前，我曾写过几篇檄文，抨击所谓心灵感应学说。

火星人不穿任何衣服。它们有关装扮和礼节的观念与我们人类有着天壤之别。显然，它们不仅对温度变化后知后觉，而且压力变化似乎对它们的健康也没有什么影响。虽然它们不穿衣服，但有其他人造制品作为其躯体的附属之物，条件无疑比人类优越得多。我们人类有自行车和溜冰鞋，有滑翔机，有枪炮和棍棒，诸如此类，但也仅仅处于火星人业已完成的演化进程的开端。火星人几乎已经完全进化成了一个大脑，根据需要穿上不同躯壳，正如人类全身穿着套装，赶路时骑自行车，或是下雨天打伞一样。至于它们的各式装备，最令人感到不可思议的就是从不使用轮子。殊不知轮子几乎是一切人类发明设备的最主要特征。它们带来地球的任何物品都找不到半点使用轮子的迹象。人们本以为火星人至少在移动出行时会使用轮子。关于这一点，说来奇怪，即便在地球上，自然界也从未出现过轮子，甚至还采用其他方式替代其作用。看来火星人要么根本不知道轮子是什么（这令人难以置信），要么刻意避免使用轮子。不仅如此，它们的机械装置很少使用固定或半固定的枢轴，而枢轴能使圆周运动保持在同一个平面内。那些火星机器的关节部位，几乎都是由滑动部件构成的复杂系统，依靠曲线优美的小型滑动轴承而运转。谈及这一细节时值得注意的是，火星机器上的长型杠杆，在大多数情况下，由包裹在弹性护套内的圆盘所驱动，如同人类的肌肉组织。当电流通过时，这些圆盘就会发生极化反应，紧密而有力地牵引在一起。通过这种方式，火星机器就能完成与动物出奇相似的动作，这不仅使人类旁观者惊讶不已，更感到惶恐不安。这种形似肌肉的装置在蟹形操控机里随处可见，当我第一次从狭缝中向外窥视时，就看见它正在开启圆筒。操控机看起来比真正的火星人更为生气蓬勃。火星人此刻正躺在远处的落日余晖之中。经历漫长的星际旅行之后，它们显得气喘吁吁，于是百无聊赖地挥舞触手，有气无力地在地面蠕动。

正当我凝视着夕阳下缓慢蠕动的火星人，观察着它们身上每处奇异的细节时，牧师用力拽住我的胳膊，我这才想起他一直在我身旁。我回头望去，只见他面露愠色，嘴唇翕动，一言不发。他也想看看外面的景象，可那道狭缝只能容纳一人窥视。因而我不得不暂停观察，让他来享受这一特权。

待我再次向外张望时，那台忙碌的操控机早已将圆筒中取出的几件装置，组装成一台与它一模一样的机器。而视线左下方则出现一台小型挖掘机不断喷射绿烟，有条不紊地围绕深坑运转，忙着一边挖土，一边筑堤。这就是那些声音的来源——那些有规律的敲击声，有节奏的震动声，使废墟中我们的藏身之所抖动不止。挖掘机运作时还会发出尖锐的啸叫。据我所见，没有火星人在操纵这台机器。

第三章　身陷囹圄

第二台火星战斗机器的到来，迫使我们俩从窥视孔撤回到洗涤间里，因为担心火星人居高临下能望见躲在废墟背后的我们。后来有一天，我们不再过于担心暴露的危险，因为外面刺眼的日光照耀下，我们的庇护之所想必看起来是一片漆黑。而起初，但凡火星人稍有靠近的迹象，我们就会立刻胆战心惊地逃回洗涤间。尽管窥视之举面临极大风险，但我俩实在无法抵挡这一诱惑。现在想来，我仍觉不可思议：当时我们危在旦夕，随时可能饿死，甚至遭受更为可怖的杀戮，可我们竟然还在为着可怕的窥视特权而激烈争执。我们争先恐后地穿过厨房，一副急不可耐的模样，又生怕弄出声响，整个场面颇为怪诞。我们相互拳打脚踢，彼此你推我搡，离暴露自己仅咫尺之间。

事实上，我们无论脾气性格、思维习惯和行事方式，都格格不入，眼前的危险境况和囚困局面，更加剧这种水火不容的矛盾。还在哈利福德的时候，牧师徒劳无用的抱怨和愚蠢的固执己见就已令我厌恶不已。他喋喋不休的自言自语，使我根本无心思考任何行动计划，有时甚至差点被他逼疯，尤其是当我们受困于此，这种状况更加严重。他缺乏自制力，犹如一个愚昧的妇人。他可以一连几个小时啼哭不止，我敢确信，这个娇生惯养的“巨婴”自始至终都认为他那弱不禁风的泪水是行之有效的法宝。由于他总是胡搅蛮缠，所以即便我身处黑暗之中也无法忽视他的存在。他比我吃得多得多。我曾劝告他说，我们逃生的唯一希望就是待在这座房子里，直到火星人忙完深坑里的工作。等待的过程相当漫长，恐怕我们不久就会面临食物匮乏的问题。可是他根本就听不进去。他依然不能自已，时不时胡吃海喝，连睡觉都不顾了。

日子一天天过去，牧师不顾一切的任性之举使我们压力倍增，处境变得更为凶险。因此，我不得不采取威胁手段，甚至最终不惜对他拳脚相加，虽然我很不情愿这么做。这令他暂且恢复些许理智。但牧师终究是个懦弱之人，而且狡猾奸诈。他既不敢正视上帝，也不愿正视他人，甚至连自己都不能面对，毫无自尊可言，一副胆小羞怯、道德沦丧的模样，实在令人憎恶。

我不想回忆这些事情，更无心将其写下，可若非如此，我的故事便不再完整。那些从未经历生活黑暗而可怕一面的人，恐怕会由于我们的悲惨结局而视我为残忍暴戾之人，轻易对我横加指责。因为他们虽然能够明辨是非，却无从想象受尽折磨的人会变成什么模样。不过，想必那些穷困潦倒、生活在阴影之下的人，更能体会我的苦衷。

废墟中昏暗无光，我们一边压低声音唇枪舌剑，一边争抢食物和饮料，甚至拳打脚踢。而废墟之外，则是另一番奇景：那是可怕的六月天，在无情的烈日照耀下，火星人在深坑中忙着进行它们的日常任务，而人类对此知之甚少。现在让我再来回顾一番自己最初的新鲜感受。过了很久，我壮着胆回到窥视孔前，发现又有至少三台火星战斗机器前来增援。这些机器带来一些全新的装置，整齐地排列在圆筒周围。这时，第二台操控机已组装完毕，正在战斗机器带来的新装置旁忙碌不已。这个装置的主体像是一个普通的牛奶桶，上面有个梨形容器在不断震动，一股白色粉末顺势流进下方的圆盆。

操控机的一条触手摇晃着这个容器，另外两条铲刀似的触手则在挖土，并将大量泥土抛进上方的梨形容器中，还有一条触手则定时开启装置中央的一扇门，掏出生锈发黑的炉渣。在另一条钢制触手引导下，圆盆中的粉末沿着肋状管道流进某种接收器里。由于四周堆砌着淡蓝色的尘丘，我无法看清接收器的模样。在它上方，一缕纤细的绿烟笔直地升入僻静的天空。正当我凝望之际，操控机发出一阵微弱而悦耳的叮当声。接着，在一块原本只是略有凸起的地方，探出一条伸缩自如的触手，一直延伸到土堆背后。不一会儿，这条触手抓起一根白色铝棒，放置在深坑边不断垒起的铝棒堆中。只见那新鲜出炉的铝棒闪耀着夺目的金属光泽。想必在日落星升的这段时间里，这台灵巧的机器已经用粗泥制造出百余根这样的铝棒。淡蓝色的尘丘也越堆越高，超过深坑边缘。

这些装置姿态灵活、动作精巧，与它们主人气喘吁吁、愚钝笨拙的模样形成鲜明对比。连日来，我不得不反复提醒自己，后者才是真正有生命的活物。

当第一批人类被带到深坑里时，牧师正把持着窥视孔。而我则坐在下方，蜷缩着身子，竖起耳朵聆听。突然，牧师往后一退，我还以为火星人发现了我们，吓得匍匐在地。他从瓦砾堆上滑下来，摸黑爬到我身旁，语焉不详地向我比画手势，一时间我也不由得惊恐起来。他的手势告诉我，他已经不想再看了。片刻之后，我按捺不住内心的好奇，于是鼓起勇气，站起身从牧师身上跨过，爬到窥视孔边。起初，我完全看不出有什么理由让他如此恐惧。随即暮色降临，星光暗淡，但锻造铝棒散发的莹莹绿光，却将深坑映照得分外明亮。幽幽闪动的绿光与游移不定的锈色黑影，构成一幅诡异的画面。蝙蝠在上空穿梭飞行，对眼前发生的一切无动于衷。蠕动的火星人已不见了，青绿色的尘丘越堆越高，遮住了它们的身影。一台火星战斗机器收缩支脚，全身折叠起来，伫立在深坑的一角。然后，在机器铿锵有力的轰鸣中飘来一些像是人类的声音，但刚开始我根本没有在意。

我蜷缩身体，仔细端详这台战斗机器，终于看清头罩里的确有个火星人，正如我所料到的那样。这令我颇为自得。绿色火光升腾之际，我望见它那油亮的外壳与明亮的眼睛。顿时，我听见一声叫喊，只见一条长长的触手伸向机器背后托起的那个小型铁笼。接着，有个东西——有个在拼命挣扎的东西——被高举在半空，在星空映照下恍若一团模糊黑影，如谜一般。当这个黑色物体再次被放下后，我借着绿光定睛一看，原来是个男人。转瞬之间，他的身影变得清晰可辨。那是个身强体壮、面色红润的中年男子，衣着颇为考究。想必三天前，他还在这个世上闯荡，是个举足轻重的人物。我能看见他正睁大双眼，身上的纽扣和表链闪闪发光。他旋即消失在土堆背后，片刻间四周鸦雀无声。不久，耳边传来一声尖叫，以及火星人连续不断的欢呼，声音犹如汽笛。

我滑下瓦砾堆，挣扎着站起身，双手捂着耳朵，冲进洗涤间。牧师正一声不吭地蜷伏在地，胳膊环抱着脑袋。他抬头见我跑过，将他独自抛下，便大声叫喊起来，跟着我跑了进来。

那天夜里，我们躲在洗涤间，既心怀恐惧，又念想窥视带来的致命诱惑。虽然我觉得必须马上采取行动，但却想不出任何逃生计划。不过后来，到了第二天，我终于能够清醒地审视我们当前的处境。可我发现自己根本无法与牧师谋划商谈。突如其来的极端暴行，早已把他吓得丧失理智，更别说任何远见卓识了。说实话，他已经彻底沉沦麻木，与动物没有什么差别了。然而，常言道，“遇事不乱，处变不惊”。当我能够冷静直面现实之时，才逐渐意识到，即便我们处境再糟糕，仍不至于彻底绝望。我们最大的希望在于这个深坑或许只是火星人的临时驻地。哪怕它们将其作为永久地盘，也会觉得不必时刻看守，这样我们也许就有逃跑的机会。我甚至还仔细思考过另一种可能性，那就是朝着远离深坑的方向挖一条地道。但倘若如此，我们很可能在探出头时，被某台放哨的战斗机器发现。况且，挖掘工作只能全靠我自己，牧师肯定只会帮倒忙。

如果我没记错的话，那个男人是在第三天被杀的。那是我唯一一次目睹火星人进食。此番经历之后，有大半天时间我都不敢再面对那个窥视孔。我跑进洗涤间，把门卸下，然后拿起短斧开始挖土。我一连挖了几个小时，尽力避免发出声响。可是，当我挖开几英尺深的时候，松软的泥土竟轰然坍塌，于是我不敢再继续挖下去。我信心顿失，躺在洗涤间的地板上，久久不愿动弹。从那时起，我就彻底放弃挖地道逃生的念头。

火星人给我留下的印象极为震撼，以至于我起初根本就没指望人类会击败它们，而我们会由此得救。然而，不知是第四天还是第五天的晚上，我却听见类似重炮的声响。

那时已是深夜，月光分外明亮。火星人已将挖土机挪走，只留下一台战斗机器伫立在远端的坑边。还有一台操控机在深坑一角忙碌着，它恰好处于窥视孔下方，因此我看不见它。此地已被火星人彻底遗弃。深坑笼罩在黑暗之中，唯有操控机和铝棒发出微弱的光亮，还有那斑驳皎洁的月光。四周万籁俱寂，唯有操控机在叮当作响。夜色迷人，静谧无声，唯有月亮高悬，似乎将整个天空据为己有。耳边传来一声犬吠，正是这熟悉的声音使我侧耳倾听。接着，我清楚地听见一阵轰鸣，与炮声一模一样。我数了数，清清楚楚共有六响。过了许久，又是六声巨响。后来便再无动静。

第四章　牧师之死

那是我们被囚困的第六天，我最后一次向外窥视，不久便发现周围只剩下我独自一人。牧师并未如往常那样紧贴在我身旁想方设法将我从窥视孔边挤走，而是返回到洗涤间里。我幡然醒悟，连忙蹑手蹑脚地回到洗涤间。周围漆黑一团，我听见牧师正在喝着什么，便摸黑去抓，手指碰到一瓶勃艮第葡萄酒。

一时间我俩扭打起来。酒瓶落在地板上摔得粉碎，我这才放手站起身。我俩站在原地，一边喘着粗气，一边相互威胁。最后，我挡在他和食物之间，告诉他我决定立个规矩。我以十天为定量，将储藏室里的食物进行配给，并禁止他当天再吃任何东西。到了下午，他又试图拿取食物，却未能得逞。因为正在打盹的我，当即便清醒过来。整整一宿，我们彼此端坐，面面相觑。我虽深感疲惫，但仍态度坚决。牧师则哭丧着脸，抱怨自己饿得不行。我心里明白，那不过是一个昼夜的工夫，可当时却有遥遥无期之感——现在想来仍觉如此。

就这样，我们之间的矛盾愈演愈烈，最终演变为公开冲突。在漫长的两天里，我们彼此低声咒骂，甚至拳脚相加。我时而发疯似的揍他，时而又同他好言相劝。有一次，我为了得到雨水泵取水喝，还试图用最后一瓶勃艮第葡萄酒收买他。然而，即便我软硬兼施都无济于事，他却已变得不可理喻。他并未收手，依然如之前那样争抢食物，而且口中念念有词，喋喋不休。就连我们度过囚困岁月的基本准则他都弃之不顾。我逐渐意识到他已经彻底失去了理智。我也越发觉察出，在这片闭塞而又令人作呕的黑暗之中，我唯一的同伴已经变成了一个疯子。

我依稀记得，我自己也时常处于魂不守舍的状态。我一旦熟睡，便会进入诡异而可怖的梦境。说来奇怪，可我的确认为，正是由于牧师的软弱与疯狂，才令我时刻警觉，使我振作并保持清醒。

到第八天晚上，牧师不再喃喃自语，反而不断大声叫嚷。我根本无法让他的言语缓和下来。

“一切都是公平的，噢，上帝！”他一遍又一遍地重复着，“一切都是公平的。愿惩罚降临在我和周围人身上。我们皆是有罪之人，我们没能达到你的期望。世间遍地贫苦与悲伤，穷苦者浪迹尘寰，任人蹂躏，而我却缄默不语。我的祷告尽是虚言妄语——我的上帝，我是如此愚蠢！——我本应挺身而出，哪怕赴死也在所不惜，号召人们忏悔——忏悔！……贫苦大众的压迫者！……神的酒榨[1]！”

接着，他话锋一转，开始谈论被我克扣进食之事。他不断祷告、祈求、哭泣，最后向我发起威胁。他开始提高嗓门——我求他别这么做。他看穿这是我的软肋——便要挟我说他会叫出声来，让火星人来抓我们。我一度被他吓住，但我心知肚明，任何退让都会令逃生希望愈加渺茫，后果不堪设想。于是，我公然顶撞了他，尽管我不敢肯定他是否真会这么做。谢天谢地，那天他没有这么做。第八天和第九天的大部分时间里，他说话声音缓慢升高——时而威胁，时而恳求，夹杂着半疯半傻又空洞伪善的忏悔，忏悔自己有愧于上帝托付的使命。这倒让我对他同情起来。他后来小睡片刻，精神焕发，又开始胡言乱语。他的叫声实在太大，我不得不制止他。

“安静点！”我恳求道。

四周一片漆黑，原本坐在铜器旁的牧师顿时直起身，跪在地上。

“我已经安静太久了，”牧师说。他声音洪亮，恐怕早已传到深坑那里，“现在，我必须亲眼见证。愿灾祸降临在

---

1 酒榨（wine-press）：典出《圣经·新约·启示录》第14篇第19至20节：“那天使就把镰刀扔在地上，收取了地上的葡萄，丢在神愤怒的大酒榨中。那酒榨踹在城外，就有血从酒榨里流出来，高到马的嚼环，远有六百里。”

这座大逆不道的城市！灾祸！祸哉！灾祸！祸哉！祸哉！你们住在地上的民，那其余的号将吹响[1]——”

“闭嘴！”我一边呵斥，一边起身，唯恐火星人听见我们，“看在上帝的分上——”

“不！”牧师声嘶力竭地叫嚷，像我一样站起来，展开双臂，“我要说！我正在传达主的旨意！”

他只迈开三步就跨到通往厨房的门口。

“我必须亲眼见证！我这就去！我已耽搁良久。”

我伸出手，摸到挂在墙上的切肉刀。刹那间，我带着满腔怒火与恐惧追上前去。牧师尚未走到厨房中间，我便逮住他。最终，心中残存的人性使我调转刀刃，改用刀柄朝他砸去。他一头向前栽倒，四肢瘫在地上。我在他身上绊了一跤，使劲喘着粗气。他躺在那里，一动不动。

突然，我听见外面传来灰泥滑落的碎裂声。墙上那个三角形的缝隙也显得愈发昏暗。我抬头张望，发现一台操控机的下半部分正从窥视孔前掠过。其中一条触手在断壁残垣间蜿蜒游移，另一条则显露在外，沿着坍塌的梁柱来回摸索。我吓得目瞪口呆，不敢动弹。接着，我透过操控机边缘形似玻璃面板的部位，看见一张火星人的脸——姑且称其为

---

1 引自《圣经·新约·启示录》第8篇第13节：“我又看见一个鹰飞在空中，并听见它大声说：‘三位天使要吹那其余的号，你们住在地上的民，祸哉，祸哉，祸哉！’”

“脸”——和眼睛。它们硕大的黑色双眸四处打量着，随后出现一条长蛇般的金属触手，慢慢从洞口摸进来。

我费力转身，在牧师身体上打了个趔趄，继而在洗涤间门口停下脚步。此刻，那条触手已经伸进屋内两码多长，不停地东扭西转，动作古怪而又仓促。眼看触手扭动着缓缓袭来，我不由得屏息凝神。后来，随着一阵微弱沙哑的叫喊，我发现自己孤身一人正从洗涤间穿过。我浑身剧烈颤抖，几乎无法站直身体。我打开煤窖的门，站在黑暗中盯着通往厨房的门前过道，仔细聆听。火星人看见我了吗？它们正在做什么呢?

只见有个东西在厨房里动来动去，动作很轻。它一会儿轻敲墙壁，一会儿又开始移动，发出一阵微弱的金属声，与钥匙圈上套动钥匙的声音如出一辙。接着，一具沉重的身躯——我很清楚那是何物——被拖拽着滑过厨房地板，向裂缝而去。我难以抑制内心的好奇，匍匐着爬到门口，朝厨房里窥视。那三角形缝隙外阳光明媚，我看见火星人正坐在布里阿瑞俄斯[1]式的操控机里，仔细观察着牧师的脑袋。我顿时意识到，火星人可能会从牧师额头留下的重拳伤痕，推测出我的存在。

---

1 布里阿瑞俄斯（Briareus）：古希腊神话中“百臂巨人”的统称，也译“埃盖翁”（Aegaeon）。

我爬回煤窑，关上门，拼尽全力朝木柴和煤堆里钻，在黑暗中避免弄出声响。我时不时停下身，僵直腰板，听听火星人是否又将触手伸进缝隙来。

这时，微弱的金属叮当声再度响起。我觉察出火星人正在厨房慢慢摸索。不久，我听出它距离很近——据我判断，它已进入洗涤间里。我估摸着那触手的长度恐怕无法够着我。我一刻不停地做起祷告。触手从煤窑门上轻轻掠过。此后，一切便陷入漫长的沉寂，简直令人难以忍受。接着，我便听见它在门闩上胡乱摸索。它找到门了！火星人知道如何开门！

它似乎在门把手边踌躇了片刻，但最终门还是被打开了。

黑暗之中，我勉强看见它的模样——与大象鼻子极为相似。触手在我面前摇晃，一边摸索，一边探查着墙壁、煤堆、木柴和天花板，就像一条瞎眼的黑色蠕虫，不断地摇头晃脑。

甚至有一次，那触手碰到我靴子的后跟。我差点喊出声来，赶紧咬住自己的手。它安静了一会儿。我还以为它已经缩了回去。可不多久，只听咔嚓一声，它抓住什么东西——我以为它抓住了我！——似乎又再次退出了煤窑。我一度感到不知所以。显然，它是取走了一块煤砖拿去检验。

我挤得很是难受，于是趁机略微挪动我的位置，继续听着周围的动静。我发自肺腑地轻声祷告，祈愿能够平安无事。

随后，我再次听见那触手朝我伸来，听起来慢慢悠悠、从容不迫。它缓缓地、缓缓地向我靠近，一边刮擦着墙壁，一边敲打着家具。

正当我疑惑不解之际，触手灵巧地叩击煤窑的门，然后将门关上。我听见它伸进食品储藏室，饼干罐嘎嘎作响，还有一个瓶子摔碎在地。紧接着，煤窑门上传来一声重击。之后，周围变得悄然无声，万籁俱寂。

它离开了吗?

最终，我断定，它确实离开了。

它再也没有回到洗涤间。然而，整整第十天，我始终都待在黑暗之中，将自己埋在煤堆和木柴里。我饥渴无比，却丝毫不敢出去喝水。直到第十一天，我才胆敢走出这个庇护之所。

第五章　万籁俱寂

我出去后的头一件事就是将连通厨房与洗涤间的门闩上，然后才回到食品储藏室。然而，食品储藏室里空无一物，所有的食物全都不见了。显然，火星人已在前一天将这里一扫而光。目睹这一切，我第一次尝到了绝望的滋味。不知是第十一天还是第十二天，我既没有吃，也没有喝。

起初，我感到口干舌燥，喉咙冒烟，体力也明显下降。我坐在伸手不见五指的洗涤间里，心灰意冷。我满脑子只想着觅食，已经完全听不见深坑那边传来熟悉的响动。若不是无力爬到窥视孔边，我早就到那里去了。

到第十二天，我的喉咙实在疼痛难耐。于是我冒着惊动火星人的风险，从水槽边吱呀作响的雨水泵里取了几瓢浑浊泛黑的雨水来喝。饮罢，我顿感神清气爽。况且水泵的声音并未引来四处探查的触手，由此我壮起胆来。

连日来，我隔三岔五没由来地想起牧师，想着他死去的情形。

第十三天，我又喝了一些水，打起瞌睡，时断时续地想着觅食，还有许多脱离现实的逃生计划盘旋在我脑海。一旦我进入梦乡，就会梦见鬼魅幽灵，梦见牧师之死，抑或梦见奢华晚宴，可无论沉睡还是清醒，我总觉得喉咙异常疼痛，只得不断喝水。洗涤间里的灯光不再昏灰，反而显现红色。我恣意妄想，那似乎是血液的颜色。

第十四天，我走进厨房，惊讶地发现红草蕨叶正从墙上的孔洞中钻出来，将这半明半暗的房间染上一抹朦胧的猩红色。

第十五天一早，我听见厨房里传来一连串怪异而熟悉的声响。我仔细听辨，原来是一条狗在一边嗅探，一边抓挠。我走进厨房时，看见有只狗鼻子从红草蕨叶的缝隙中伸出来，不由得大吃一惊。那狗闻到我的气味，立刻叫唤起来。

我暗自思忖，倘若能将那狗悄悄引进屋内，恐怕就能杀犬为食。无论如何，我都应该将其杀死，以免引起火星人注意。

我向前爬去，轻声唤道“乖狗狗”，可它却突然缩回头，消失得无隐无踪。

我听了听——我并没有耳聋——可以肯定，深坑里的确毫无动静。我听见有个声音，如同鸟儿扇动翅膀，还有一声嘶哑的鸣叫，此外别无声响。

我在窥视孔边待了许久，却丝毫不敢拨开遮挡缝隙的红草。有一两次，我听见一阵轻微的啪嗒声，像是狗在下面沙地上四处走动，还有些许类似鸟鸣的叫声，仅此而已。最终，周围的静寂令我鼓起勇气，向外望去。

深坑角落聚集着一大群乌鸦，正围绕火星人吃剩的尸骨残骸，扑腾争抢。除此之外，坑里再无活物。

我环顾四周，简直难以相信自己的双眼。所有机械装置都消失了。沙地上徒有空荡荡的圆形深坑，唯见角落那座灰蓝色的尘丘，以及堆放在另一角落的几根铝棒，还有乌鸦和尸骨残骸。

我慢慢地拨开红草，钻身而过，站在瓦砾堆中。在这里，我能观察各个方向的动静，除了身后的北方。我既未看见火星人，也遍寻不得它们的踪迹。脚下是陡峭的深坑，但我可以沿着瓦砾堆中的一条小道爬上这片废墟顶端。逃生的希望就在眼前，我不由得深深战栗。

踌躇片刻，我顿时抱着孤注一掷的决心，径直冲上废墟之巅，要知道我被深埋已久。我的心脏狂跳不止。

再次举目四望。北边亦不见火星人的身影。

我上回在白天看见西恩这片区域之时，还是一条蜿蜒曲折的街道，宜人悦目的红白屋舍分布在两旁，更有枝繁叶茂的林木点缀其间。如今，我却伫立在残砖碎瓦和泥土沙砾堆成的废墟之中，上面覆盖着大片仙人掌状的红色植物，与膝齐深，没有哪种地球生物可与其争夺地盘。我近旁的树木早已枯萎发黄，远处的树干虽未枯死，却已缠满赤红的藤蔓。

邻近的房屋皆成断壁残垣，但未遭烈火洗礼。墙板仍屹立不倒，部分可达两层楼高，门窗悉数尽毁。红草在没有屋顶的房间里肆意生长。我脚下是巨大的深坑，乌鸦依然在争抢它们的残羹冷炙，还有许多其他鸟儿在废墟里跳来跳去。我望见远处有只骨瘦如柴的猫，正弓着腰沿着墙边爬行，一副鬼鬼祟祟的模样。可周围却不见半点人影。

与我先前身陷囹圄的惨境相比，那天真可谓风和日丽，碧空万里。清风微拂，遍地蔓生的红草轻柔地随风起舞。啊！空气是如此沁人心脾！

第六章　十五日变局

我在瓦砾堆上摇摇晃晃地站立片刻，全然不顾自身安危。此前，当身处散发恶臭的废墟之下，心中所念唯有眼前的安全，对周遭世事变化无从关心，根本不曾料想如此这般时过境迁的面貌，简直令人震惊。我本以为西恩已化为废墟——可我发现四周却是一片怪诞的景象，赤红如血，恍若置身另一颗星球。

那一刻，我内心涌起一股异乎寻常的感觉，但对于这种感觉，想必那些视人类为主宰的牲畜并不陌生。我依稀感觉自己就像只兔子，刚返回自家洞穴，便发现十几个工人在那里忙着勘挖地基，搭建房屋。很快，这一想法就在我脑海中清晰起来，随后好几天里，我心情始终颇为沉重。在火星人的铁蹄之下，人类的主宰地位不复存在，不再是万物之主，而沦为动物世界中平凡的一员。我们在火星人面前，就像动物面对我们一样，只能畏首畏尾，瞻前顾后，四处奔逃，东躲西藏。人类至高无上的威严与权力荡然无存。

然而，这种奇怪的想法甫一出现就转瞬即逝。长久以来的食物短缺令我感到饥肠辘辘，别无他求。我朝深坑的方向远眺，在一堵红草蔓生的墙壁背后有一片未被掩埋的花园。我灵机一动，俯身从齐膝深、甚或齐颈深的红草之间穿过。红草极为茂盛，使我得以安心藏身。那堵墙约有六英尺高，正当我想翻越之际，发现抬脚根本够不着墙沿。于是，我沿着墙边走到一处墙角，踩着石头攀爬上去，闯进这座觊觎已久的花园。我在园中找到一些洋葱嫩头、几个唐菖蒲鳞茎，还有许多尚未成熟的胡萝卜，这一切全都被我吞下肚。我随即翻越一堵断墙，继续披荆斩棘，拨开猩红若血的林木，朝邱镇走去——仿佛是在排山倒海的血滴之间穿行。我心里抱有两个念头：一是多找些食物，二是尽力逃跑，竭尽所能撤出深坑所在的区域，远离这片光怪陆离的诅咒之地。

又向前走了一段，我在一片杂草丛生的地方看见了一些蘑菇，又狼吞虎咽地将其吃光。接着，我来到一摊浅水边，缓缓流动的水面呈褐色，那里原本应是一块草地。一路上我陆续吞下的食物反而令我更感饥饿。起初，我只觉奇怪，在如此干燥的酷暑季节竟然还有洪水出没，后来我才明白，这是炎热环境下红草疯长的缘故。这种与众不同的植物一旦遇水，就会立刻繁殖，势如破竹。它的种子顺着水流进入威伊河和泰晤士河，并在那里疾速生长。不久，巨大的水生蕨叶塞满了河道，将这两条河堵得水泄不通。

如我后来所见，帕特尼的那座桥几乎被蔓生的红草彻底遮盖，里士满的情形亦是如此。泰晤士河水上涨，涌入一条又宽又浅的溪流，从汉普顿和特威克南的草地漫过。红草随着水流四处蔓延，直到最后，泰晤士河谷那些坍塌的别墅完全淹没在这片红色沼泽之中。我曾置身于沼泽边缘，发现火星人造成的荒芜景象几乎都被红草所掩盖。

最终，红草很快枯萎凋零，亦如它们蔓生时那般迅速。据人们判断，其死亡原因在于红草生长不久便感染某种细菌，从而导致溃疡病变。要知道，由于自然选择的作用，地球上所有植物都已对细菌疾病产生免疫力——若非情形严重，绝不会轻易染病。而红草则是腐烂，如同其他枯死的植物一样。它们的蕨叶先是发白，继而变得干瘪易碎。只要轻轻一碰，叶片就会脱落。河水曾是红草蔓生的催化剂，此时则将枯枝败叶冲刷到海里。

来到河边，我首先想做的便是赶紧饮水解渴。我喝下大量河水，一时冲动还嚼上几口红草蕨叶，可那叶片已经腐烂，尝起来还有股令人作呕的金属味道。我发现河道很浅，尽管红草稍微有些绊脚，但足以安全蹚水而过。不过显然，越往河中前行，水势越深，于是我转而向莫特莱克走去。我设法通过偶尔映入眼帘的别墅、篱墙和灯柱等遗迹来判断路线，因而不久我便走出这片沼泽之地，朝通往罗汉普顿的那座山丘而去，来到帕特尼公地。

眼前不再是离奇陌生的景象，而是令人颇感熟悉的废墟：地上一片狼藉，表明这里曾遭飓风侵袭，但方圆几十码之外，有一块未被毁坏的区域，每家每户都严严实实地拉下百叶窗，锁紧房门，仿佛屋主前一天才离开，或者还有人仍在家中熟睡。此地红草并不茂密，街道两旁高大的树木也没有枝蔓缠绕。我钻进树林寻找食物，结果一无所获。我还闯入两栋悄无声息的屋舍，却发现它们早已被人破门而入、洗劫一空。白天剩余的时光里，我一直在灌木丛休息，我身体虚弱，累得再也无力向前走。

一路上，我既没有看到人影，也不见火星人的踪迹。我倒与两只饿狗相遇，但它们一望见我朝它们走来，便赶忙躲开。在罗汉普顿，我撞见两具人骨——没有身体，只有被啄得干净无比的骨架——旁边的树林里，我还发现几块被碾碎的猫骨和兔骨，以及一只绵羊的头骨。我试着啃了几口，上面已经没有什么残余可吃的了。

夕阳西沉之后，我挣扎着沿通往帕特尼的那条路走去。在我看来，火星人出于某些原因，肯定在这里使用过热射线。途经罗汉普顿后，我在一座花园里找到许多生马铃薯，这些足以令我果腹充饥。从这座花园望去，可以俯瞰帕特尼和泰晤士河。黄昏时分，这里一派凄凉景象：焦黑的树木、焦黑而荒芜的废墟，山脚下是洪水汪洋，被红草染成一片赤红。除此之外——万籁俱寂。一想到世事瞬息万变，转眼即成不毛之地，我内心涌起难以名状的恐惧。

我曾一度以为，人类已被消灭殆尽，唯有我最后一人独自存在于这世上。就在帕特尼山顶上，我又撞见一具人骨。两条错位的手臂被挪到残躯几码开外的地方。当我向前走去，我愈发深信，除了我这样的迷途者，这里的人类已被彻底灭绝。我思忖着，恐怕火星人早已离开，留下这里弃之不顾，去了别处觅食。大概就在此刻，它们正对柏林或巴黎发起毁灭性攻击。抑或，它们已一路往北去了。

第七章　帕特尼山上的人

那一夜，我住在帕特尼山顶的一座旅馆里。自从逃往莱瑟黑德以来，这是我第一次躺在床铺上睡觉。我颇费周折才破门而入——后来才发现，原来前门上了门闩——而我为了觅食，还逐一探查每个房间，行将绝望之际，才在一间看似用人居住的卧室里找到一片老鼠啃过的面包，以及两听菠萝罐头。由此看来，我根本是在白费力气。这座旅馆早已被人搜刮一空。后来，我又在旅馆酒吧里找到一些饼干和三明治，想必是他们遗漏了。三明治早已变质不能食用，我便吃了饼干，不仅填饱了肚子，还将口袋装得满满的。我不敢点灯，担心火星人趁着夜色到伦敦的这片地区来觅食。上床之前，我不时感到焦躁不安，于是在窗户间来回走动，向外观察那些怪物的动静。我几乎没怎么睡。躺在床上，我发现自己终于能够连贯地思考问题——自从上回与牧师吵架以后，我似乎很久没有这样思考过。先前那段时间里，我的精神状态飘忽不定，时而恍惚，时而愚钝。而那天晚上，我的意识再度清醒，也许是食物让体力得以恢复过来。

有三件事时刻在我脑海中盘旋：牧师之死、火星人的下落，以及妻子可能的遭遇。对于第一件事，我已经不再感到恐惧和悔恨。在我看来，事已至此，尽管这段经历令人不悦，但也无可自责。那时的我与现在并没有什么差别，一连串的突发事件步步紧逼，情急之下我被迫施以重击，这是不可避免之举。我并不觉得自己有何罪过，但这段记忆始终困扰着我，久久挥之不去。在这宁静的夜晚，我感觉上帝离我很近。当你置身空寂和黑暗之中，往往会有同感。我为自己一时的愤怒与恐惧而接受审判，这是我唯一的审判。我逐渐回忆起与牧师的每段对话，一直追溯到最初发现他蜷缩在我身旁的那一刻。他指着韦布里奇废墟上空的火光和烟雾让我看，对我的口渴漠不关心。我们俩根本无法同舟共济——可残酷的命运并未给予眷顾。倘若我有先见之明，就应当劝他留在哈利福德。可我终究无法预料这一切。如果我未卜先知却听之任之，那才堪称罪过。我原原本本地讲述发生的一切，对于这件事也毫无隐瞒。既然没有证人，我本可掩盖所有的事，但我仍如实写下，留待诸位读者自行评判。

好不容易才将牧师倒地的那一幕抛诸脑后，我又不得不去关心火星人的下落和我妻子的命运。关于前者，可谓疑点重重，我毫无头绪。糟糕的是，后者亦是如此。我在那个晚上顿时变得心乱如麻。我从床上起身，在黑暗中屏息凝神，祈祷热射线能速战速决，好让我妻子死得毫无痛楚。从莱瑟黑德回来之后，我还从未做过祷告。过去身处绝境之际，我曾滔滔不绝地念诵祷辞，膜拜神像，就像异教徒似的念叨咒语。但如今，我发自内心虔诚祈祷，在黑暗笼罩下直面上帝，坚定而恳切地向主请求。多么荒唐的夜晚！最为荒唐的是，破晓时分，刚与上帝对话的我便鬼鬼祟祟地爬出房子，就像老鼠出洞似的——更像是与老鼠体形相当的低等动物，任凭主人随心所欲猎杀宰割。或许它们也正向上帝虔心祈祷。诚然，这场战争至少使我们懂得要永葆怜悯之心——怜悯那些欠缺智慧的动物，它们在人类统治下挣扎求生。

早晨阳光明媚，东边的天际泛出一抹粉红，小小的金色云朵点缀其间。从帕特尼山顶通往温布尔登的道路上散落着逃亡人潮留下的遗物。开战之后的周日当夜，想必有许多人从这里涌向伦敦。路上停着一辆小型双轮马车，上面刻着“托马斯·罗布，蔬果商，新莫尔登[1]”的字样。马车的一个车轮已经散架，车上还有一个被人遗弃的锡制行李箱。只见一顶草帽嵌在早已干硬的泥地里。韦斯特山顶的饮水槽翻倒在地，周围散落着血迹斑斑的玻璃。我漫无目的地向前走，浑身无力。我本打算去莱瑟黑德，但心里明白找到妻子的可能性微乎其微。想必表姐夫妇和我妻子早就从那里逃走了，除非死神突然降临，夺走了他们的生命。可转念一想，到了那里我也许就能知道萨里郡民众的逃亡去向。找到妻子是我

---

1 新莫尔登（New Malden）：伦敦西北部郊区，毗邻金斯顿。

的夙愿，这一点我心知肚明，我内心渴望与她相见，渴望回到凡人世界，然而究竟如何寻找，却毫无想法。同时，强烈的孤独感笼罩着我。我离开街角转弯处，在密林和灌木丛的掩护下，一直走到广阔无垠的温布尔登公地边上。

昏暗的公地不见红草，唯有黄色的荆豆和金雀花时隐时现。正当我在空地边缘徘徊踌躇时，太阳升起，大地洒满金光，焕发勃勃生机。林间一片湿地旁，我看见一群活蹦乱跳的小青蛙。我停下脚步，凝视着它们的模样，其顽强的生命力令我备受鼓舞。没过多久，一种被人窥视的古怪感觉向我袭来。我随即转过身去，看见有东西躲在灌木丛中。我站在那里看着它，然后向前迈了一步。只见那身影立起来，原来是个手执短刀的男人。我慢慢靠近他，而他却一动不动地盯着我，沉默不语。

当我朝他靠近时，我发现他与我一样衣衫褴褛。那模样着实就像刚被人从下水道里捞出来似的。再走近一瞧，只见他衣服上沾着阴沟里的绿色淤泥，以及干裂的浅褐色泥斑，还混杂着乌黑的煤渣。他一头黑发盖住双眼，消瘦的脸颊又黑又脏，以至于我一下子都无法辨认他的模样。他下半边脸有一道血红的刀伤。

“站住！”他大叫一声。我在离他不足十码的地方，赶紧停下脚步。他的声音近乎嘶哑。“你从哪里来？”他问。

我一边想，一边打量着他。

“我来自莫特莱克，”我回答，“火星人的圆筒在地上砸出个深坑，我被埋在附近，好不容易才得以逃脱。”

“这附近没有食物，”他说，“这是我的地盘。从山川到河流，往后直至克拉珀姆[1]，向上直到公地边缘，全都归我所有。这里的食物只够一人吃。你要去哪里？”

我慢条斯理地答道。

“我不知道，”我说，“我被埋在一栋房屋的废墟下十三四天，完全不知外面发生了什么。”

他将信将疑地望着我，突然一惊，神色煞变。

“我没打算留在这儿，”我接着说，“我打算去莱瑟黑德，因为我妻子在那里。”

他伸出一根手指，朝我指了指。

“是你，”他说，“从沃金镇来的那个人。在韦布里奇，你没死？”

一瞬间，我也认出他来。

“你是闯进我家花园的那个炮兵。”

“运气真好！”他说，“我们真够幸运的！没想到是你！”他伸出手，我也伸手相握。“我藏在一条下水道里。”他说，“不过它们并未赶尽杀绝。等它们走后，我穿过田野向沃尔顿跑去。可是——还不到十六天——你都已经

1 克拉珀姆（Clapham）：伦敦南部郊区，是火车往返伦敦的必经地。

两鬓斑白了。”他忽然回头望了眼肩膀。“那不过是只白嘴鸦。”他说，“现在哪怕是鸟的影子都令人疑神疑鬼。这里太显眼了。让我们躲到灌木丛下来说吧。”

“你看见火星人了吗？”我问，“从我爬出——”

“它们已经穿过伦敦去了另一边，”他说，“想必它们在那里有块更大的地盘。有天晚上，汉普斯特德方向那一带满天都是它们发出的亮光。那里就像个大都市，你还能借着光亮观察它们移动的身影。不过白天看不见。可最近几天——我没见到它们——”（他扳着手指数着）“有五天了。后来，我又看见两个火星人拎着个大家伙穿过哈默史密斯。前天晚上”——他停顿了一下，义正词严地说道——“又出现了那些光亮，却悬在半空。我敢确信，它们已经造出一架飞行器，正在学习飞行。”

此时，我们已来到灌木丛边，于是我停下脚步，匍匐在地。

“飞行！”

“没错，”他说，“飞行。”

我钻进一道树荫，坐下身来。

“人类要完蛋了，”我说，“如果它们能飞，肯定会满世界横行。”

他点了点头。

“它们会的。不过——我们这里的局面就会好些。此外——”他盯着我，“人类就要灭亡了，难道你不信吗？反正我确信不疑。我们输了，我们终会被打垮。”

我怔怔地看着他。说来奇怪，我至今没能认识到这个事实——炮兵话音刚落，一切就变得显而易见。我仍心存一丝渺茫的希望，或者说，我已经形成了思维定式，难以动摇。他又重复道：“我们终会被打垮。”语气是如此斩钉截铁。

“全都完了，”他叹道，“而火星人死了一个——只有一个。它们已然站稳脚跟，打败了世界上最强大的国家。它们的铮铮铁蹄从我们头顶上踏过。韦布里奇那个火星人的死亡纯属意外。那只是先遣部队，其余的还在来的路上。那些绿色的流星——我已经五六天没见到了，可我坚信，每晚都会有流星坠落在某地。别无他法。我们完败了！我们终会被打垮！”

我默不作声，坐在那里凝视前方，竭力想找出理由反驳他，却无能为力。

“这不是战争，”炮兵说，“这根本就不是战争，就像人类与蚂蚁之间，毫无战争可言。”

一瞬间，我想起在天文台的那个夜晚。

“它们完成十次发射后，就没有再继续——至少在第一个圆筒坠落之前只发射了十次。”

“你怎么知道？”炮兵问。我向他解释一番。他想了想。“也许是大炮发生了故障，”他说，“但那又怎样？它们会把大炮修好。即便有所延误，结局会改变吗？这就堪比人与蚂蚁。蚂蚁也会建造城市，也会世代繁衍生息，其间有战争，也有革命，可一旦人类来临，想将它们逐出家园，它们只得四处逃离。这便是我们当下的处境——无非就是蚂蚁。只不过——”

“嗯。”我附和道。

“我们是可以吃的蚂蚁。”

我们面面相觑地坐在那里。

“它们会怎么对付我们？”我问。

“这正是我一直思考的问题，”他说，“我一直在思考这个问题。离开韦布里奇以后，我往南边去——始终在思考。我目睹了随后的情形。大多数人都忙着大喊大叫，近乎疯狂。我可不喜欢叫唤。我曾有过一两次死里逃生的经历。我并非仪仗兵，反正横竖都得死——死亡而已。唯有肯动脑筋才能挺过去。我看见所有人都往南边跑，便暗自想，‘那里早晚会断粮’，所以我就马上往回走。我与火星人相对而行，就像麻雀朝人身上扑去。”“到处都是，”他挥手指着地平线，“忍饥挨饿的人，他们四处逃窜，互相踩踏。”……

他见我脸色异样，便尴尬地就此打住。

“毋庸置疑的是，许多有钱人都逃到了法国。”他说。他踌躇片刻，不知是否该致歉，与我四目相接之际，又继续说：“这里食物遍地。商店里有罐装食品，还有葡萄酒、烈酒和矿泉水，供水总管和排水沟都空空如也。嗯，我告诉你我当时的想法。‘它们都是智慧生命，’我说，‘它们似乎把我们看成食物。首先，它们会将我们的一切摧毁——船只、机器、大炮、城市，扰乱所有秩序和组织。它们肯定会这么做。倘若我们小如蚂蚁，也许还能逃过一劫。可我们并非如此。我们极为醒目，难以幸免。这是可以确信的第一点。’对吧？”

我深表赞同。

“的确如此，我已经彻底想通了。很好，那么——接下来，火星人一旦需要，现在就能捉住我们。只需走上几英里，就能抓到一群逃亡者。有一天，我看见一个火星人出现在旺兹沃思，它将房屋拆得精光，还在废墟中翻找。可它们不会始终如此。一旦火星人收缴我们所有坚船利炮，拆毁铁路，忙完全部这一切，便会有条不紊地捉拿我们，挑选最强壮者装进笼子之类的东西里。很快它们就会行动起来。上帝啊！它们还没开始对付我们呢。你没发现吗？”

“还没开始！”我惊叫起来。

“还没开始。迄今为止发生的一切，都归咎于我们不懂如何保持冷静——开炮之类的愚蠢举动惹恼了它们。我们失去了理智，成群结队地逃窜，这只会让我们的处境更加危险。火星人目前还不想惊动我们。它们正忙着制造东西——制造所有它们无法从火星带来的东西，为其他后来者做好准备。它们之所以暂停发射圆筒，很可能是担心砸到先遣部队。我们不该盲目乱跑，大喊大叫，更不该尝试用烈性炸药去攻击它们，而应该根据局势的最新变化做好妥善安排。这就是我的想法。或许这并不符合人类自身期望，但事实就是如此。这就是我目前的行事准则。城市，国家，文明，发展——统统毁灭。游戏结束。我们终会被打败。”

“但是，倘若果真如此，那我们还活着干吗呢？”

炮兵朝我看了一会儿。

“今后大约一百万年的漫长岁月里，再也不会有悦耳动听的音乐会，不会有皇家美术学院，也不会有餐厅里的美味佳肴。如果你追求享乐，那我只能告诉你，一切都结束了。如果你还讲究贵族派头，不爱用刀具吃豌豆，或者无法忍受说话时漏发‘h’音[1]，那我劝你最好改改。这些全都一无是处。”

“你是说——”

“我是说，像我这样的人会存活下来——这是物种的优胜劣汰。我告诉你，我会不屈不挠地活下去。如果我没猜错的话，不久之后你也会显露本性。我们不会被赶尽杀绝。而我也不想被火星人抓住，像一头大公牛那样被它们驯养，喂得壮实。呸！想想那些褐色的畜生！”

“你难道是想说——”

---

1 在英国维多利亚时代，用刀具吃豌豆、漏发首字母“h”音等都是工人阶级的典型举止特征。

“没错。我要活下去。在火星人铁蹄之下。我已经做好了计划，彻底想清楚了。我们人类已经被打垮。我们对一切知之甚少，必须学习才能觅得良机。在学习的同时，我们也必须保持独立自主。瞧！这就是我们该做的事。”

我一脸惊讶地望着他，被他的雄心壮志深深鼓舞。

“我的天呐！”我叫起来，“你真是个男子汉！”我顿时握紧他的手。

“啊！”他喊道，眼里闪动光芒，“我想得很清楚，是吧？”

“接着讲。”我说。

“好吧，那些打算逃脱火星人追捕的人必须做好准备。我已经准备就绪。你得明白，并非所有人都能忍受野兽般的生活，但别无选择。这就是我观察你的原因。我有所顾忌，因为你太瘦弱。你知道，我刚开始根本没认出你，也不知你曾被掩埋的经历。所有这些——住在这些房屋里的人，以及曾经住在那边的那些该死的小职员——都是些没用的废物。他们没有灵魂——既无崇高的梦想，也无光鲜的欲望。但凡两者缺其一——上帝啊！那这人不是懦夫又能算什么呢？他们步履匆匆，奔波于上班的路上——这样的人大家司空见惯，他们手里拿着早餐，拼命赶路，满头大汗地抢搭季票专列火车，担心因迟到而丢掉饭碗。上班时，他们遇事不愿钻研深究，以免惹上麻烦。下班后，他们又匆匆返回家中，害怕错过晚餐。晚餐后，他们待在家里，担心街道偏僻不够安全。他们与结婚多年的妻子同枕共眠，并非源自内心需要，而是由于小有积蓄，令他们得以在庸碌的世间建造狭小而卑微的安乐窝。如此一来，生活有所保障，只需为意外事故稍做保险投资。每当周日——他们又担惊受怕起来。他们生生把人间变成一个给胆小者的地狱！好了，对他们而言，火星人简直就是上帝派来的救星。宽敞华丽的牢笼、丰富美味的佳肴，还有无微不至的照料，无须任何担心。倘若他们饿着肚子在野地上乱窜，不出一周便会乖乖回来，束手就擒。没过多久，他们就会心生喜悦。他们甚至还会感到困惑，在火星人照看地球之前，人类究竟如何维持生计？酒吧里那些游手好闲之人，那些花花公子，还有那些歌女——我可以想象他们的模样。尽在我想象之中，”他说，语气中略带满足，又显出一丝沉重，“他们既无任何内在性情，也没有多少宗教信仰。我亲眼见过很多事情，但直到最近，才真正看透一切。许多人甘愿逆来顺受——他们往往长得脑满肠肥，还有许多人会感到忧心忡忡，觉得世事不该如此，应该有所作为。如今，每当众人认为应该有所作为之际，那些生性懦弱之人，以及那些因思绪杂乱而变得异常脆弱的人，总会诉诸一种‘无为’式的信仰，他们道貌岸然，自视清高，甘心领受上帝的旨意，任其摆布。恐怕你也曾经见过此种情形。因惊恐而产生的意志力很快就会烟消云散，他们只能在牢笼中虔诚地读读赞美诗、唱唱圣歌。而那些头脑不那么简单的人，为了调剂生活，会依赖些许——怎么说呢？——性欲。”

他顿了顿。

“火星人很可能会将其中一些人饲养成宠物，训练他们表演杂耍——谁知道呢？——还会同情某个宠物男孩，因为长大后他就会被杀死。或许，它们还会训练一些人来追捕我们。”

“不，”我喊道，“那不可能！没有人——”

“何必自欺欺人呢？”炮兵说，“总有人乐意而为。如果对此视而不见，那简直就是胡说八道！”

他言之凿凿，我不得不屈从。

“要是它们来抓我，”他说，“上帝啊！要是它们来抓我！”说罢，他面色凝重，陷入沉思。

我坐在那里，反思着这一切。我找不出任何能够反驳他的理由。火星人入侵之前，绝不会有人怀疑我比他智商更高——我自诩为声名卓著的哲学作家，而他不过是一名普通的士兵。可他早就看清了局势，而我至今毫无头绪。

“你在想什么？”过了一会儿，我问他，“你有什么计划？”

他犹豫了一下。

“好吧，是这样的，”他说，“我们该做什么呢？我们必须创造一种全新的方式，让人类得以繁衍生息，并确保孩子们能够安全成长。是的——稍等，让我把我认为该做的事情说得更明白一些。那些被火星人驯养的人，将会变得和其他被驯养的野兽一样，过不了几代人，就会变得体型肥硕、姿色姣好、富含血液、愚蠢至极——如同废物！而问题在于，我们这些选择自由生活的人，却会变得野蛮起来——退化成某种巨大又凶残的老鼠……你瞧，我的意思是在地底下生活。[1]我觉得人们可以待在下水道。诚然，不了解下水道的人会觉得那是个可怕的地方，但伦敦的下水道纵横交错——有数百英里之长——伦敦已成空城，只需再下几天雨，那里就会变得清新而干净。那些下水道总管既宽敞又通风，足以容纳所有人。此外，那里还有地库、地窖和仓库，能够修建通往下水道的应急通道。铁路和地铁隧道也很合适。不错吧？你听明白了吗？我们要组建一支部队——由身强力壮、头脑清醒的人构成。我们不会随意收留任何游手好闲的废物。凡是懦夫也会被赶走。”

“照你这么说，我就会被赶走？”

“呃——我和你说过，不是吗？”

1 这段对白与威尔斯《时间机器》中所描写的未来景象如出一辙。生活在地上的埃洛伊人智商退化，成为傀儡，而生活在地下的莫洛克人过着穴居生活，终日劳作，夜晚觅食。

“我们无须争论这个问题。接着说。”

“留下来的人必须服从命令。我们也需要身强力壮、头脑清醒的女人——可以胜任母亲和教师的角色。拒绝好吃懒做的女人——媚眼攻势根本没用。我们也绝不接纳孬种和蠢货。一切将回归真正的生活，无用者、愚笨者乃至惹事者都得去死。他们都得去死。他们都得心甘情愿地去死。毕竟，他们所作所为有悖于生存法则，还将败坏我们的种族。他们自己也不会感到幸福。再说，死亡本身并不可怕，恰恰是怯懦让死亡变得可怕。人们应当济济一堂，在各地聚首。我们的聚集地就是伦敦。我们甚至可以派人站岗放哨，趁火星人离开时，去外面走走。或许还能打板球。如此一来，人类族群才能得以延续。嗯？这很有可能吧？不过，单使种族存续是不够的。我说过，那与老鼠别无二致。更重要的是保存我们的知识，并让它不断增长。这方面，你这样的人就有用武之地了。我们有书，还有科学模型。我们必须在地底深处建造规模庞大的隐蔽所，将一切能够获得的书籍存放在内。不要小说和诗歌，只需要思想论著，只需要科学书籍。对此你将大有可为。我们必须去大英博物馆，把全部的书籍都取来。尤其要确保科学进步——不断学习。我们必须观察那些火星人，恐怕有人要去充当间谍。等一切安排妥当，或许我会去做。我的意思是，故意被火星人抓起来。最重要的是，千万不要惹恼火星人，甚至连偷东西也不行。如果我们妨碍到它们，那一切就都完了。必须让它们明白我们并无恶意。对，我知道。然而，它们是智慧生物，一旦得到想要的一切，绝不会置我们于死地。它们只会将我们视为无伤大雅的害虫罢了。”

炮兵停下来，一只黝黑的手搭在我胳膊上。

“毕竟，同过去相比，我们现在要学得少了许多——只需要想象一下：四五台火星战斗机器突然发起进攻——热射线四处扫射，而火星人并未坐在机器里。不见火星人，只有地球人——学会操控机器的人类。甚至，他们或许就是与我同时代的——人类同胞。你想想，驾驶一台如此奇妙的机器，随心所欲地启动热射线！你想想，一切尽在掌控之中！如果能好好过把瘾，就算最终撞得粉身碎骨，又有什么关系呢？可以想见，火星人漂亮的双眼会睁得很大！你能想象吗，嗯？你能想象它们心急如焚，焦急万分——气喘吁吁地朝其他战机大喊大叫的情景吗？所有的机器都出了毛病。嗖，砰，咔嚓，嗖！在它们笨手笨脚地四处摸索时，热射线嗖的一声扫过，接着，瞧啊！人类再次成为主宰。”

我的思绪曾一度被炮兵天马行空的想象所完全占据，脑海中回荡着他那自信十足、无所畏惧的口吻。我毫不犹豫地接受他对人类未来的预言，相信他那惊为天人的计划可以付诸实施。那些认为我愚蠢而轻信谗言的读者，不妨对比一下你我彼此的处境：你们正安稳地看书，专心致志地思考，而我却提心吊胆地蜷缩在灌木丛中，惴惴不安地听着周围的动静，根本无法全神贯注。我和炮兵就这样聊了一个上午，之后才从灌木丛中爬出来。我们朝天空张望，确定附近没有火星人，才健步如飞地奔向帕特尼山上的一栋房屋，那里正是炮兵的藏身之处。原来他先前躲在煤窖里，我在那儿看见他一周以来的工作成果——那是一个勉强有十码长的地洞，他计划由此打通帕特尼山的下水道总管——我第一次依稀感受到，梦想与实力之间的天壤之别。如此坑洞我一天就能挖成，但我依然对他深信不疑，与他一起挖起来，一直干到午后。我们找到一辆园艺手推车，用它把挖出来的土倒在厨房周围。为了补充能量，我们从旁边的食品储藏室里拿来一罐素甲鱼汤和一瓶葡萄酒。单调乏味的劳作竟使我有种解脱之感，暂时忘却了这个光怪陆离的悲惨世界。我一边忙碌，一边回想着炮兵的计划，不久便疑窦丛生，甚至产生异议。可我仍坚持忙完整个上午，为自己再度心怀目标而感到欣喜不已。挖了一个小时，我开始盘算着还要挖多远才能挖通下水道，估算我们挖错方向的概率有多大。我最大的疑惑是，我们明明可以通过窨井直接进入下水道，再从那里往回挖到房子里，为何还要大费周章挖掘这条漫长的地道？况且，我觉得这栋房屋的位置颇为不便，迫使我们多挖很长一段距离。正当我逐渐意识到这些问题之时，炮兵停下身，上下打量着我。

“一切进展顺利，”他说着，放下手里的铁锹，“我们休息一下吧。”他建议，“是时候爬上屋顶去侦察一番了。”

我主张继续干活，他踌躇片刻又继续挥起铁锹。刹那间，我想起什么，于是停了下来。他也立刻停下来。

“你为什么还在公地附近转悠，”我问，“为什么不待在这里呢？”

“呼吸新鲜空气，”他答道，“我正往回走。晚上比较安全。”

“那挖洞的事怎么办？”

“噢，人不能总在干活。”他说。忽然之间，我认清他的真面目。他握紧铁锹，犹豫起来。“现在我们该去侦察了，”他说，“假如火星人来到附近，可能会听见铁锹的声音，然后冷不防地向我们发起偷袭。”

我已习惯不提出反对意见。于是，我们一同攀上屋顶，站上爬梯，透过天窗向外窥望。不见火星人的踪影，我们便冒险爬上屋瓦，躲在护墙边滑下去。

从这个位置俯瞰，帕特尼大部分地区都被一片灌木丛所遮挡，但我们仍可望见下方的河流，那里红草繁茂，兰贝斯的低洼地带也成了一片红色汪洋。古老宫殿四周的树木爬满红草。只见干瘪的枝条从红草丛中伸出来，耷拉着枯萎的叶片。颇为奇怪的是，这两种植物竟然都依靠流水才能繁殖。我们周围不见红草的踪影，唯有金链花、粉色山楂花、荚迷花，以及从月桂和绣球花丛探出头来的金钟柏，在阳光下显得绿意盎然。肯辛顿那边浓烟滚滚，北方的山峦笼罩在黑烟与蓝雾之中。

这时，炮兵和我聊起滞留在伦敦的那些人。

“上周某天夜里，”他说，“几个蠢货恢复供电，整条摄政街和环形广场灯火通明，一群浓妆艳抹、衣衫褴褛的醉鬼挤在那里，有男有女，连跳带叫，一直闹到黎明。在场的目击者向我描述当时的情形。天亮以后，他们发现一台火星战斗机器停在兰厄姆附近，正朝着众人虎视眈眈。天知道它在那里究竟立了多久。想必有些人当场就吓得屁滚尿流。它沿路朝他们走来，抓获将近一百人。那些人有的酩酊大醉，有的慌不择路，都没能逃跑。”

如此荒诞不经的光景，绝不可能在历史记载中呈现得淋漓尽致！

说罢，炮兵再次谈论起他的宏伟计划，以此打消我的疑虑。他愈发兴致勃勃，滔滔不绝地描绘着缴获战斗机器的场面，使我又对他平添几分信任。不过，我对他的品行也逐渐有所了解，可以预见：凡事他都会强调从长计议。我还意识到，他绝不会亲自抢夺战斗机器，更不会去操控它作战。

不久之后，我们爬下屋顶回到煤窖。我俩似乎谁都不想再继续挖洞，因而当炮兵提议吃饭时，我欣然同意。他忽然变得无比慷慨，饭后还出去取了一些上好的雪茄回来。我们点上烟，他的乐观情绪又高涨起来。似乎我的到来对他而言是一桩盛事。

“地窖里有几瓶香槟。”他说。

“不如喝这种产自泰晤士河畔的勃艮第葡萄酒吧，这样我们挖起洞来会更有劲。”我说。

“不行，”他说，“今天我做主。香槟！伟大的上帝啊，我们面临着多么艰巨的任务！让我们好好休息，尽量多积攒些体力。瞧，我的双手都起泡了！”

他觉得今天是个假日，于是饭后坚持要打牌。他教我打尤克牌[1]，接着我们将伦敦城一分为二，北部归我，南部归他，以教区数目当赌注。在严肃的读者看来，恐怕这一切纯属荒谬、愚蠢至极。然而，这却是千真万确的事实。更为荒唐的是，我竟然觉得，打牌及后来玩的其他游戏都有趣极了。

人的想法实在古怪！人类族群正濒临灭绝，乃至骇人听闻的退化，渺茫不清的未来，唯有可怕的死亡等待着我们。面对如此境况，我们却能安然而坐，趁机玩着各种纸牌游戏，还兴冲冲地使出“王牌”。后来，炮兵教我打扑克，我又和他下了三盘象棋，并艰难取胜。夜幕降临后，我们决定冒险点上灯。

我们玩了一轮又一轮，过了很久才开始喝酒，炮兵把香槟一饮而尽。我们接着抽起雪茄。他已不再是我上午所见那个斗志昂扬的人类救星。他仍然非常乐观，但少了几分冲

1 尤克牌（euchre）：起源于德国的牌类游戏，十九世纪末盛行于美国。

动，更添几分慎重。我记得，他最后祝我身体健康，又断断续续地重复念叨着祝福的话。我拿起一支雪茄，上楼去观察那些亮光。据他所说，海格特山一带闪动着耀眼的绿光。

起初，我愣愣地环视着整片伦敦山谷。北边的山峦掩映在黑暗之中。肯辛顿附近烈焰熊熊，不时蹿出橙红色的火舌，转眼又消逝在黛蓝色的夜空里。伦敦其他地区全都一片漆黑。不久，我看见近处有道奇怪的光线——那浅紫色荧光在晚风中摇曳。刚开始我并不知道何物，后来才明白，那一定是红草发出的微光。当我意识到这一点时，我潜在的好奇心，以及感知事物的能力，又被重新唤醒。我将目光转向火星，那颗红色星球清晰可辨，高悬在西边的天际。随后，我又郑重其事地凝望着黑暗中的汉普斯特德和海格特，久久不愿离去。

我在屋顶上长久驻留，反思着这一天里的离奇变化。从深夜祷告到疯玩纸牌，我不断回想自己的精神状态，心中顿时涌起一股强烈的反感情绪。记得当时，我立刻将雪茄丢在地上，这显然是种浪费的表现。我的种种愚蠢之举令我忍无可忍，深觉自己背叛妻子，背叛了整个人类族群。我懊恼不已。于是，我决定远离这个古怪散漫的空想家，让他自己带着宏伟蓝图去大吃大喝吧。而我则打算去往伦敦。依我之见，在那里最有可能打探到火星人与人类同胞的下落。夜色深沉，月亮升起之际，我仍在屋顶徘徊。

第八章　死城伦敦

离开炮兵之后，我走下山，沿着高街穿过通往兰贝斯的那座桥。当时红草肆意蔓生，导致上桥路面几乎全部堵塞。但由于病菌传染，叶片已出现点点白斑。没过多久，红草便迅速枯萎凋零。

在通往帕特尼桥站的街巷拐角处，我看见有个人躺在地上。只见他浑身沾满黑灰，像是打扫烟囱的清洁工。那人还活着，却喝得烂醉如泥，一句话也说不出来。我无法从他口中得知任何消息，他只会破口大骂，怒气冲冲地猛敲我脑袋。我心想，要不是他面相如此凶神恶煞，我本应留在他身旁。

穿过桥后，沿路皆是黑灰。走到富勒姆，黑灰积得更厚了。整条街道鸦雀无声，令人不寒而栗。我在一家面包店里找到些食物——又酸又硬，已经发霉，但还能吃。我往沃尔汉姆格林走了一段，黑灰愈显稀少，路上逐渐干净起来。我经过一片燃着大火的白色排屋，烈焰噼啪作响，令我颇感释然。我继续朝布朗普顿走去，街道又是一片空寂。

这里，黑灰再次积聚起来，我还看见许多尸体。我在富勒姆路上一共发现十多具尸体。那些人已经死去数日，所以我赶紧从旁边绕开。尸体上盖满黑灰，身体轮廓都变得模糊不清。其中一两具还被狗啃过。

颇为奇怪的是，整座城市凡是没有黑灰的地方，仿佛与周日的景象无甚差别。店铺关门歇业，家家户户关门上锁，窗帘也全都拉着。街上空无一人，万籁俱寂。有些地方曾被人抢劫，但无非是食品店和酒铺。有家珠宝店的窗户被砸开，可那小偷显然没能顺利得手，人行道上散落着几根金链子和一块手表。我懒得去碰那些东西。再往前走，只见一个衣衫褴褛的女人瘫坐在门阶上，搭在膝盖上的那只手有道割伤，鲜血顺着她褪色的棕色裙子往下淌。一大瓶打碎的香槟在人行道上积成了一汪水潭。那女人看似仍在熟睡，其实已经死了。

我越往伦敦行进，周围就愈发寂静。然而，这并非一片死寂——而是一种交织着担忧与期待的沉寂。伦敦西北边界已经成了焦土，伊灵和基尔伯恩两地亦被摧毁，眼前这些房屋也很可能遭受同样的浩劫，最终沦为浓烟滚滚的废墟。这是一座被诅咒的城市，终将被人遗弃……

南肯辛顿的街道上既无死尸，也不见黑灰。就在南肯辛顿附近，我第一次听见那种哀号。它悄然潜入我的感官，令人难以察觉。那声音听似呜咽，两个音调不断交替，“乌拉，乌拉，乌拉，乌拉”，无休无止地反复叫唤。当我穿过几条通往北面的街道时，哀号声愈加响亮。后来，那声音再次减弱，直至完全消失，似乎被屋舍楼宇所遮挡。待我走到博览会路上，哀号声达到顶点。我停下脚步，望向肯辛顿花园的方向。这古怪而悠远的恸哭声令我讶异不已，就仿佛是在这屋宇林立的浩渺荒土上，终于寻得了一种声音来倾诉内心恐惧与孤寂。

“乌拉，乌拉，乌拉，乌拉”，这非人的悲鸣不断响彻耳际——在两旁的高楼之间，一波波巨大的声浪沿着洒满阳光的宽阔道路横扫而来。我满怀诧异地转身向北，朝海德公园的铁门走去。我原本想着闯进自然历史博物馆，爬上塔顶俯瞰公园背后的情形。可我最终决定留在地面，以便紧要关头能及时藏身，于是我继续顺着坡道走在博览会路上。道路两侧的高楼都空空如也，静寂无声，唯有我的脚步声在两边的墙壁上回响。在坡顶的公园大门旁边，我看见一幅古怪的景象——一辆公共马车翻倒在地，还有一副被啃得精光的马匹尸骨。我望着眼前的一切愣了半晌，随后继续向横跨瑟彭泰恩湖的那座桥走去。哀号声变得越来越响，但公园北边的房顶根本空无一人，我只望见西北方向有一股轻烟袅袅升起。

“乌拉，乌拉，乌拉，乌拉”，那声音仍在叫唤。我觉得它似乎是从摄政公园附近那一带传来的。凄凉的悲鸣始终萦绕在我脑海。原先支撑我的念头已然消失不见。哀号声彻底占据着我的思绪。我感到精疲力竭，双脚酸痛、饥渴难耐的感觉此刻再次向我袭来。

此时已过晌午。为何我在这座死城孤独游荡？整座伦敦城裹着黑色寿衣，入殓出殡，供人凭吊，为什么我却孤身一人在这里？不堪忍受的孤独感油然而生。我回想起遗忘多年的老友旧识，回想起药房里存的毒药，回想起酒铺里藏的烈酒。我还回想起那两个深陷绝望的可怜人。据我所知，只有他俩与我同享这座城市……

我穿过大理石拱门[1]来到牛津街，在那里又看见黑灰和几具尸体。一股令人生厌的恶臭从几栋房屋的地下室窗格里飘来。长路漫漫，我感到浑身发热，极度口渴。我颇费周折才闯进一家酒馆弄来了些食物和饮料。吃罢，我愈感疲惫不堪，于是便走进吧台背面的会客室，找到一张黑色的马鬃沙发睡了一觉。

醒来以后，我发现那沉重的哀号仍不绝于耳，“乌拉，乌拉，乌拉，乌拉”。此时已近黄昏，我在酒吧搜寻到几块饼干和一块奶酪——那里还有一个装肉的冷柜，可里面只有蛆虫——我穿过几处毗邻住宅区的僻静广场向贝克街走去——我只知其中一处叫波特曼广场——最终来到摄政公

1 大理石拱门（Marble Arch）：特指伦敦牛津街西端的大理石凯旋门，原为白金汉宫入口，后迁移至海德公园东北角。

园。当我走上贝克街的坡顶时，在夕阳下，我发现远处树梢上露出一个火星巨怪的头罩，那便是哀号声的由来。我丝毫没有感到畏惧。与火星人相遇似乎是理所当然之事。我观察它许久，它却纹丝不动。它始终站在那里鸣叫，但我不知究竟是为什么。

我试图制定行动方案，可无休无止的悲鸣“乌拉，乌拉，乌拉，乌拉”，令我心烦意乱。或许是过于疲惫的缘故，我并不感到害怕。显然，好奇心战胜恐惧，我很想知道它为什么不停恸哭。我转身离开公园，走到公园路上。我打算绕过公园，藏身于排屋下行进，从圣约翰森林那里观察这个一动不动、哀号不止的火星人。在离贝克街几百码的地方，传来一阵此起彼伏的犬吠，我看见有条狗叼着块血红的烂肉径直朝我扑来，后面还有一群饥饿的野狗紧追不舍。那狗绕个大弯想避开我，仿佛担心我也与它争食。犬吠声渐行渐远，消逝在静谧的街道上，而那阵阵哀号“乌拉，乌拉，乌拉，乌拉”，又变得清晰可辨。

在去往圣约翰森林站的半路上，我看见一台失事的操控机。起初，我以为是一幢房屋倒在路中央。当我爬进废墟，才猛然发现这个机械参孙[1]正躺在它自己造成的断壁残

1 参孙（Samson）：《圣经·旧约》中记载的犹太士师，力大无穷，因抗击以色列外敌而被称颂。参孙死时，抱紧神庙廊柱，以致房屋倒塌，与敌人同归于尽。参见《士师记》第13至16章。

垣之中。机器前半部分撞得支离破碎，触手有的弯折，有的撞毁，还有的扭曲在一起。它像是漫无目标地径直撞在房屋上，又被崩塌的墙垣砸倒。我当时觉得，这台操控机或许是失去了火星人的控制，才造成如此惨状。我无法爬上废墟看个究竟。夜幕降临，操控机座位上的斑斑血迹，以及被狗咬剩的火星人软骨，全都消失在视线中。

眼前的景象令我更觉疑惑，于是我快步走上樱草山。透过树丛缝隙，我远远地望见第二个火星人。如同第一个火星人那样，它伫立在通往动物园的那座公园里，纹丝不动，一声不吭。离操控机失事点周围的废墟不远处，我再次看见红草的踪影，还发现摄政运河里遍布着一大团暗红色海绵状植物。

当我跨过大桥时，“乌拉，乌拉，乌拉，乌拉”的哀号声戛然而止，就像是被切断似的。刹那之间，一切归于沉寂。

暗夜时分，耸立在我周围的房屋显得朦胧而暗淡，公园那边的树林也变得一团漆黑。我朝四周望去，只见红草在断壁残垣间攀爬蔓生，趁着暮色不断在我头顶盘绕。黑夜，那恐惧与神秘之母，降临在我身边。不过，当哀号声仍回响之际，一切孤独寂寞还尚可忍受。正是那声悲鸣的存在，才使得伦敦城稍显生机，让我仍感觉周围有一丝生命迹象。可忽然间，事态突变，有东西消失不见了——我不知道那是什么——继而便是万籁俱寂。只剩这荒凉无边的沉寂。

置身于伦敦城中，整座城市如幽灵般凝视着我。白色房屋的窗户就像骷髅的眼窝。我仿佛觉得周围有数以千计的敌人在悄无声息地移动。一阵恐惧袭来，我为自己的鲁莽深感后怕。前方的道路黑得伸手不见五指，像抹上一层柏油。我还看见人行道上横躺着一个扭曲的身影。我不敢继续前行，便转身走向圣约翰森林路，一头冲向基尔伯恩，想逃离这不堪忍受的死寂。我藏身在哈罗路一间出租马车夫的车棚里直到半夜，躲避着黑夜与寂寥。然而，黎明来临之前，我又重新找回了勇气。天空中繁星闪耀，我再次转身走向摄政公园。我在街道上迷失了方向，过了一会儿才在晨光中望见樱草山的轮廓浮现在长街尽头。只见若隐若现的星光下，第三个火星人矗立在山顶。它与同伴一样，也是纹丝不动。

一个疯狂的念头涌上心头：我决定一死了之。我甚至都不想自我了断。我不顾一切地朝火星巨怪走去。我越走越近，天色也愈发明亮。我看见成群结队的黑鸟在火星人头罩周围聚集盘旋。目睹此情此景，我的心怦怦直跳，继而一路狂奔起来。

我匆匆穿过堵塞圣埃德蒙街的红草丛（阿尔伯特路附近的自来水厂涌出一股齐胸深的水流，我涉水而过），在日出之前赶到了草地上。只见许多土堆高耸在山顶，围成一座巨型堡垒——这是迄今为止火星人修筑的最大工事，也是最后一处——土堆背后，一缕轻烟袅袅升起，直上云霄。我朝天际线望去，一条狗飞奔而过，转眼便消失了。脑海中闪过的念头愈发真切可信。我冲向山上那个一动不动的火星巨怪，心中毫不畏惧，只有令人战栗的狂喜。它褐色的触手耷拉在头罩外面，饥饿的飞鸟正叼啄着、撕咬着。

片刻之间，我已爬上那个土制堡垒，站在顶端向下俯瞰，里面的景象一览无余：这个地方颇为宽敞，巨型机器四处可见，大量原料随地堆放，还有许多奇形怪状的栖身之所。满地都是火星人，有的躺在翻倒的战斗机器里，有的趴在失灵的操控机里，还有十几个倒成一排，默不作声，了无生气——全死了！——被诱发腐烂和疾病的细菌杀死了！火星人对细菌毫无免疫力，像红草一样被悉数歼灭。正当人类束手无策之际，不曾料想它们被毫不起眼的小小细菌所征服了。多亏上帝的无穷智慧，使这些细菌降临人间。

这便是此事的来龙去脉。事实上，若非被恐惧与灾难蒙蔽双眼，我和其他许多人原本可以预见这样的结果。从古至今，这些致病的微生物就已经夺走了不计其数的人类生命——早在生命起源之初，史前人类先祖已为此付出了代价。然而，由于人类种群自然选择的作用，我们逐渐获得抵抗力。我们绝不会轻易折服于任何细菌，对于许多细菌——例如，那些引起尸体腐烂的细菌——人类的身体组织完全具备免疫力。然而，火星上不存在细菌，于是，当这些天外来客降临地球之际，当它们大肆吃喝之时，我们的微生物同盟军便进入了它们体内，开始瓦解其生命。就在我先前窥视火星人的时候，它们的灭亡结局就已经注定。而火星人四处游荡，却不知道自己即将走向死亡与腐朽。一切都在劫难逃。人类付出数十亿生命的代价，才换来地球上的生存特权。这特权只属于人类，任何入侵者都不得剥夺。即便火星人再强大十倍，这特权仍牢牢掌握在人类手中。因为人类既不会白白活着，亦不会白白死去。

约有五十个火星人东倒西歪地躺在它们自己挖掘的巨大深坑中，全都一命呜呼。对于突如其来的死亡，想必它们完全无法理解。连我当时也不明所以。我只知道，这些生前令人闻风丧胆的怪物，已经死了。我曾一度以为西拿基立[1]的覆灭重新上演。没想到，上帝回心转意，让死亡天使一夜之间夺走了它们的生命。

我站在原地，往深坑里望去，喜悦之情油然而生。初升的朝阳热力四射，将我周遭的一切烤得滚烫，我却并未留意。深坑仍是一片漆黑，那些巨型机器威力如此强大，构造如此精密，曲折的外形如此不可思议，如今却迎着阳光矗立在阴影之中，显得既怪诞又朦胧。我还听见，大坑深处有一大群狗在争抢黑暗中的尸体。深坑对面，在远处的边缘，停

1 西拿基立（Sennacherib）：也译“辛那赫里布”，为亚述帝国国王，据《圣经·旧约》记载，当他率军攻打耶路撒冷时，因辱骂耶和华，军队遭天使诛灭，回到亚述后被其子弑杀，参见《列王记下》第18至19章和《历代志下》第32章。

放着一架扁平而又庞大的飞行器，模样十分古怪。火星人曾驾驶它在地球更为稠密的大气层中实验飞行，不料却遭受腐朽与死亡的厄运。死亡的降临恰逢其时。我听见头顶传来乌鸦的呱呱啼鸣，这才抬头望着那台巨型战斗机器，它已再也无法作战。我还望见，撕裂状的血红肉条垂落在樱草山顶翻倒的座位上。

我转身朝山下望去，那两个火星人仍旧伫立在原地，但已被鸟群包围。就在我昨晚发现它们之前，死神刚刚夺走了它们的生命。其中一个死亡的时候，另一个火星人正在为同伴的离去而放声痛哭。或许它是最后死去的火星人，无休无止的哀号声直至机器能源耗尽，才完全消失。此刻，那两个火星人犹如巍峨的金属三角铁塔，在明媚的朝阳下闪闪发亮。

伟大的城市之母[1]环抱在深坑四周，向外绵延，她刚奇迹般地逃过一场无尽的浩劫。倘若你只见过笼罩在灰暗雾霭中的伦敦，绝对无法想象眼前这般光景：在无边的寂静中，遍地楼宇林立，一切是如此澄澈美丽。

向东望去，晴空万里，太阳发出耀眼的光芒，倾泻在已经变成焦土的阿尔伯特街和崩塌碎裂的教堂尖塔上。只见星罗棋布的房顶之间不时闪现若干亮面，在阳光映照下，反射

1 城市之母（Mother of Cities）：这里指伦敦。

着炫目的白光。

向北望去，是基尔伯恩和汉普斯特德，那里屋舍鳞次栉比，透出幽幽蓝光；向西望去，整片城区显得晦暗朦胧；向南望去，在火星人身后，映入眼帘的是摄政公园绵延起伏的绿色丘陵，还有朗廷酒店、阿尔伯特音乐厅的穹顶，以及帝国学会。布朗普顿路上的高楼大厦，在阳光下显得无比渺小，却又清晰可辨。威斯敏斯特区参差不齐的废墟轮廓依稀浮现在后方。远处耸立着萨里郡的蓝色山峦，而水晶宫双塔亮光闪烁，恍如两根银质长杆。圣保罗大教堂的穹顶映着朝霞，显得十分晦暗。教堂无疑已遭破坏，穹顶西侧有个大洞。我第一次目睹如此惨象。

我望着眼前空寂无垠、荒无人烟的房屋、工厂和教堂，想起人类怀抱的无限希望、所做的百般努力，想起人类为了建造这个家园付出的无数生命代价，想起人类曾命悬一线，突遭无情的灭顶之灾。此时，我回过神来，密布的阴云已经褪去，人们仍可在这些街道上安居乐业，而我心爱的这座宏伟都市也将会死而复生，再次强大。想到这里我不禁心潮澎湃，几近潸然落泪。

苦难已经远去了。从这时起，创伤就将开始愈合。散落在全国各地的幸存者——没有领袖、没有律法、没有食物，如同没有牧羊人的羊群——及成千上万渡海而逃的人们，即将重返家园。生命的脉搏必将愈加强大，将会在空旷的街道上重新跳动，在荒凉的广场上再度涌流。无论火星人造成多大破坏，它们的毁灭之手已经被遏制。山上的草地阳光明媚，与之相比，那些荒芜的废墟，焦黑的断壁残垣，是那么令人沮丧。但不久之后，那里就会回响起重建者挥动铁锹的捶打声，以及撬动泥铲的敲击声。想到这一切，我情不自禁地面朝天空，展开双臂，开始感谢上帝的恩赐。只要一年，我想——只要一年……

随后，又有一阵思绪的浪潮向我袭来。我想起自己，想起妻子，想起那充满希望与关爱的往昔生活已经一去不复返了。

第九章　劫后余生

现在我将讲述的，是整个故事最离奇的部分。当然，或许这根本算不上离奇。那天所做的一切历历在目，我记忆犹新。我记得自己最后站在樱草山顶，流着眼泪赞美上帝。可是后来发生的一切，我竟毫无印象。

我对接下来三天发生的事一无所知。后来我才得知，我并不是第一个发现火星人覆灭的人，好几个像我这样的流浪汉早在前一天夜里就发现了这个事实。其中有个男人——是最早的目击者——还前往圣马丁斯·勒·格兰德[1]，设法向巴黎发送电报，而那时我还待在出租马车夫的车棚里。自此，这一喜讯立刻传遍全世界，惶恐不安的千百座城市，瞬间灯火通明，沉浸在狂欢之中。当我站在深坑旁察看的时候，都柏林、爱丁堡、曼彻斯特、伯明翰等地的人们都已经得知了这个消息。我听说，人们喜极而泣，纷纷放下手里的工作，握手致意，振臂欢呼。众人忙不迭地调度火车南下赶

1　圣马丁斯·勒·格兰德（St. Martin's-le-Grand）：伦敦市中心街道，从圣保罗大教堂向北延伸。

往伦敦，即便身处克鲁枢纽站附近，也不得不去物色列车。已有两周没有敲钟的各地教堂，欣闻喜讯，顿时钟声响彻整个英格兰。脸颊消瘦、蓬头垢面的人，骑着自行车，飞驰在各地乡间小路，向那些面容憔悴、目光呆滞、深陷绝望的同胞，大声宣告这个出人意料的好消息。还有食物！小麦、面包和肉制品，穿越英吉利海峡、爱尔兰海和大西洋，正源源不断地从对岸运来用以救济赈灾。那段时间里，似乎全世界所有轮船都朝伦敦驶来。但我根本不记得这一切。我恣意游荡——像个疯子。等我醒来，才发现自己躺在一个好心人家里，他们是在圣约翰森林的街道上发现我的。那时我已游荡三日，一边不停哭泣，一边胡言乱语。他们告诉我，我一直在念叨几句不着边际的歪诗："最后一个活着的人！好啊！最后一个活着的人！"[1]尽管他们各自也是琐事缠身，却仍收留照料着我，使我不致伤害自己。我对他们感激不尽，但名字我就不逐一道来了。显然，在我神志不清的这几天里，他们已经从我口中得知了我的一些遭遇。

等我意识再度清醒之后，他们委婉地将莱瑟黑德的情况告诉了我。就在我被困废墟的第三天，火星人将莱瑟黑德彻底摧毁，无人生还。它们并未遭遇任何挑衅抵抗，却无缘无

1 引自英国幽默诗人托马斯·胡德（Thomas Hood, 1799—1845）的《最后的人》（*The Last Man*, 1824）。该诗是对苏格兰诗人托马斯·坎贝尔（Thomas Campbell, 1777—1844）同名作品的戏仿。

故将那里夷为平地，如同孩子捣毁蚂蚁窝，只为耀武扬威。

如今，他们温柔地照顾着孑然一身的我，悲从中来时，他们又耐心相劝。我康复以后，又同他们住了四天。那段时间里，我心中涌起一股模糊却愈发强烈的渴望，想再回到从前生活的地方，看看曾经幸福美好的生活还留下些什么痕迹。这不过是一种无谓的愿望，只为饱尝苦难聊以慰藉。他们竭力劝阻我，想方设法打消我的这种消极的念头。但最终，我仍然无法克制内心的冲动。我郑重承诺会回来找他们，然后就此与相识四天的挚友道别。我承认，离别之际，我还是不禁潸然泪下。再次回到街道上，那里不久前还是漆黑一片，诡异而荒凉。

此刻，众人陆续返回城里，街道上已是人声鼎沸，有些商店甚至已经开门迎客。我还看见，一座饮水池已经恢复了供水。

我记得，当我郁郁寡欢地踏上归乡之路，返回沃金那栋小屋时，天空格外晴朗，仿佛上天在跟我开玩笑。街道上已是熙熙攘攘，充满勃勃生机。行人络绎不绝，百般忙碌，简直令人无法相信曾有大量人口惨遭杀害。可是，我后来发现，人们个个面黄肌瘦、头发蓬乱、双目圆睁，而且衣衫褴褛。他们的脸上只有两种表情——或是神采奕奕、喜形于色，或是不苟言笑、意志坚决。若非众人脸上的神情，伦敦根本就像个流浪者之城。各大教区委员会正一视同仁地向众人分发法国政府捐赠的面包。有几匹幸免于难的马已是瘦骨嶙峋。面容憔悴的特别警察佩戴着白色勋章，驻守在每个街角。我几乎没有看见火星人造成破坏的痕迹，直到我抵达威灵顿街，才望见爬上滑铁卢桥扶壁的红草。

在桥边，我还看见这反常时期屡见不鲜的一幅对比景象——红草丛中露出一张纸，被木棍固定着，正迎风飘扬。原来是一张报纸恢复发行的告示，那是第一份复刊的报纸——《每日邮报》。我从衣袋里摸出一枚锈得发黑的先令，买了一份来读。报纸上大部分版面都空无一字，但负责印刷的那位寂寞的排字工自得其乐地使用铅字模版，在最后一版印上了一则夺人眼球的广告，内容极为煽情。新闻机构尚未恢复正轨。我并未读到任何最新消息，只有一篇报道透露人们对火星人身体结构进行的为期一周的检查已有惊人发现。此外，文中还宣称，已发现“飞行的奥秘”，可我当时并不以为然。在滑铁卢车站，我看见免费列车正在运送人们回家。最初的返乡人流高潮已经过去。列车上乘客很少，而我也没心情同他们搭讪。我找到一个车厢隔间坐下，双手环抱在胸前，心情沮丧地望着车窗外，洒满阳光的断壁残垣从我眼前闪过。列车刚驶离车站，就在临时搭建的轨道上一阵颠簸，只见铁轨两旁的房屋都已经成了焦黑一团的废墟。虽然一连两天雷雨交加，但沿着通往克拉珀姆枢纽站的道路望去，伦敦城仍显得阴沉晦暗，黑烟遗留的灰尘并未被雨水冲刷干净。行至克拉珀姆枢纽站，铁轨再次中断。数以百计的失业职员和商店伙计，与普通的挖土工并肩奋战。我们的列车沿着草草接上的轨道，颠簸着向前驶去。

从那里经过以后，沿途尽是一派荒凉而陌生的景象。温布尔登损失惨重。沃尔顿的松树林并未着火，似乎是沿线遭受破坏最小的地方。旺德尔河、莫尔河，以及周围每一条溪流，都长满红草，那颜色介于屠夫刀下的生肉和腌制过的卷心菜之间。然而，由于萨里郡的松树林过于干燥，红草枝条并未攀爬蔓生。在温布尔登后方，我目之所及之处，有几块苗圃，高耸的土堆包围着第六个圆筒。一群人站在旁边，几位工兵正在里面忙碌着。土堆上方竖着一面英国国旗，正迎着晨风舞动。苗圃里遍布红草，大片鲜艳的猩红之中夹杂着紫色阴影，看起来十分刺眼。倘若将视线从前景那焦枯的灰色和阴沉的红色转移到东边连绵起伏的青绿山峦，便会使双眼顿觉如释重负。

沃金车站驶往伦敦方向的铁路仍在修复中，于是我在拜弗利特车站下车，步行前往梅伯里。路上，我经过当时和炮兵两人与轻骑兵谈话的地方，还途经暴风骤雨中我曾望见的火星人现身之处。出于好奇，我走到路边，发现缠成一团的红草蕨叶之中，停着一辆破裂变形的双轮轻便马车，旁边散落着一堆白色马骨，已被啃得精光。我驻足良久，凝视着眼前的残骸……

随后，我穿过松树林继续往家走，林中长满了齐颈深的红草。我还在那里发现了斑点犬旅店老板的墓地，原来他早已落葬。途经军事学院以后，我便径直回到家中。路过一间农舍时，有个男人站在敞开的门边，叫着我名字，对我打招呼。

我看了看自己的家，一丝希望在心中闪现，却转瞬即逝。家门被人强行撞开过，没有上锁。我走上前去，门便慢慢打开了。

门砰的一声又重重关上。书房的窗帘飘荡在窗外，我曾和炮兵在这里守望黎明。窗户至今仍然开着。塌陷的灌木丛与我大约四周前离开时别无二致。我跌跌撞撞地走进客厅，整栋房屋空空如也。灾难降临的那天夜里，被暴雨淋湿的我曾蜷缩在楼梯口，如今那块地毯已经起了褶皱，而且有所褪色。台阶上还留有我们泥泞的脚印。

我顺着脚印走进书房，发现圆筒开启那天下午我没写完的文稿仍静静躺在写字台上，上面压着透明石膏制成的镇纸。我停驻片刻，认真通读我这篇尚未完成的文章。这是一篇论文，旨在论述随着文明演进，道德观念将何去何从[1]。文章最后一句正是一个预言的开头。“大约两百年后，”我如

1 指威尔斯1897年发表于《半月评论》（*Fortnightly Review*）的文章《道德与文明》（*Morals and Civilisation*）。有关这一话题，威尔斯撰文颇多，后收录于其专著《预言》（*Anticipations*, 1901）。

是写道，“我们或许会看到——”句子在此戛然而止。我记得，差不多一个月前的那天清晨，我是如何心神不宁，又如何起身去取报童送来的《每日纪事报》。我还记得报童进门时，我下楼走进花园，听他讲述“火星来客”的奇闻轶事。

我走下楼，径直来到餐厅。羊肉和面包还在，但早已发霉腐烂，还有个啤酒瓶翻倒在地，一切就与我和炮兵离开时一模一样。家中弥漫着凄凉的气氛。我这才意识到自己心中那个夙愿是多么渺茫、多么愚蠢。接着却出了件怪事。“没有用的，”一个声音说，“屋里空无一人。这十天里从没有人来过。别再待在这里自寻苦恼。除了你以外，没有幸存者。”

我不由得大吃一惊。难道我是在自言自语吗？我转过身去，看见背后的落地窗打开了。我往前迈了一步，站在那里朝窗外张望。

我的表姐和妻子就站在外面，她们与我一样，既惊喜又害怕——妻子脸色苍白，欲哭无泪。她轻轻叫了一声。

“我来了，”她说，“我就知道——就知道——”

她手捂着喉咙——身体微微颤动着。我上前一跨，将她紧紧抱在怀里。

第十章　尾声

故事临近尾声，许多尚有争议的问题仍悬而未决，我无法给出更多说明，对此深感遗憾。其中有一点势必会招致批评。我的研究专长是思辨哲学，对比较生理学的认识仅限于读过的一两本书。但在我看来，卡佛对火星人迅速灭亡的解释合情合理，几乎可被视为定论。我在故事叙述中已采用了他的说法。

无论如何解释，人们战后对火星人尸体展开化验，的确证实它们身上携带的细菌，无一例外皆是地球上已有的菌种。火星人并未掩埋死去的同伴，还继续肆无忌惮地大开杀戒，种种行径足以说明它们对腐烂过程毫不知情。然而，尽管这种解释似乎无甚破绽，但终究不能算作定论。

火星人极具杀伤力的黑烟究竟有何成分，我们至今一无所知。而热射线发射器的构造也依然扑朔迷离。伊灵和南肯辛顿实验室里发生的可怕灾难，令研究人员望而却步，不敢再对热射线做进一步调查。对黑烟的光谱分析则清晰显示，其中存在一种未知元素，在绿色光区呈现三条明线组成的光带。它能与氩元素相结合，其化合物会对血液中的某种成分迅速产生致命作用。不过，想必阅读本书的普通读者，对这些未经证实的猜测兴趣寥寥。谢珀顿城覆灭之后，不少褐色浮渣流入了泰晤士河。当时没有人去化验，现在已无从获得。

先前我曾讲述过火星人尸体的解剖结果，幸好四处觅食的野狗没将其啃食殆尽。但诸位读者一定更熟悉自然历史博物馆那具泡在酒精里的火星人标本，还有以之为蓝本创作的无数火星人画像。那具标本几乎完好无缺，堪称完美。倘若对火星人生理特征和构造还想了解更多，那就纯属科学研究的范畴了。

一个更为普遍关心的关键问题是：火星人是否会卷土重来。我认为，这个问题尚未引起足够的重视。目前，火星正处于合期[1]，一旦回到冲期，我估计它们还会再度发起进攻。无论如何，我们都应该早做准备。依我之见，我们应当设法找到火星上发射圆筒的大炮方位，并密切监视那里的一举一动，以便预知下次进攻的来临。

如此一来，我们便可在圆筒尚未冷却、火星人不能爬出之时，就引爆炸药或启动大炮，将其摧毁。抑或在圆筒开启瞬间，用枪炮把它们打死。我认为，火星人在首战突袭告负

1 合期（conjunction）：这里指火星合日，与火星冲日相似，火星于绕日公转过程中同样运行至与地球、太阳成一直线，但位置不同。此时，太阳位于地球和火星之间，从地球上看，火星被太阳遮蔽。

后已经丧失诸多优势。或许它们自己亦有同感。

莱辛推测火星人已经成功登陆金星，这一观点颇具说服力。七个月前，金星和火星与太阳恰好处于同一直线，换言之，在金星上的观测者看来，火星正处于冲期。后来，金星的暗面就出现一道分外明亮的标记，显得蜿蜒曲折。而几乎同时，人们在火星表面的照片上，也发现一个模糊暗影，形状同样是弯弯曲曲。你不妨查看据此特征绘制的图像，才能充分体会两者何其相似。

不管怎样，无论我们是否会再次遭受侵略，这一系列事件势必将颠覆我们对人类未来的看法。我们终于明白，对于人类而言，地球再也不是固若金汤的避风港，世事难料，祸福可能随时从天而降。倘若将视角置于更辽阔的宇宙，火星人此次入侵对人类也许并非坏事。这迫使人类对未来不再盲目自信，而那正是社会衰落的最大根源。而且，这极大推动人类科学事业的进步，并使有福同享的观念深入人心。火星人可能早已穿越浩瀚无垠的宇宙，目睹先行者们的命运，并从中吸取教训，继而在金星找到更为安全的殖民地。尽管存在这种可能，但在未来许多年里，人类仍不会放松对火星表面的密切监视，而划过苍穹的火焰——那陨落的流星，仍将不可避免地给子孙后代带来无穷忧虑。

这场战争也使得人类视野豁然开朗。这绝非夸大其词。圆筒降临之前，人们普遍相信，除了我们这颗美丽的渺小星球之外，广袤无边的宇宙中绝无其他生命存在。如今，我们已能望得更远。既然火星人能登上金星，那么人类又何尝不可以呢。太阳正在逐渐冷却，地球终究将不再适宜人类居住。诞生于地球的生命血脉，也许就会向远方绵延，投入我们姐妹行星的怀抱。

我脑海中依稀浮现一幅壮观景象：生命的种子飘离太阳系这个小小温床，逐渐在了无生气的浩渺星辰之间散播开来。然而，这仍只是个遥不可及的梦。另一种可能依然存在，那就是火星人的覆灭也许只是暂时的喘息之机。未来的主宰，恐怕仍属于它们，而非我们人类。

必须承认，这段惊心动魄又危机四伏的岁月，使我心中的疑惑和不安久久挥之不去。当我坐在书房的台灯下写作时，会突然看见山下那片浴火重生的山谷再度陷入茫茫火海。我还感到身后和周遭的房屋全都人去楼空，一派荒凉。我离开家，走在拜弗利特路上，各式车辆从我身旁经过，还有推车卖肉的男孩、满载游客的马车、骑自行车的工人，以及上学的孩子。忽然之间，他们的身影变得模糊不清，似真似幻。而我又和炮兵一起，穿过炙热阴森的寂静之地，踏上逃亡之路。一天夜晚，我看见空旷的街道笼罩在黑灰之中，漆黑的烟尘下躺着扭曲变形的尸体。这些尸体衣衫褴褛，身上被野狗啃得稀烂，起身朝我扑来。他们满口胡言，变得愈发凶狠、愈发苍白、愈发丑陋，最终变成张牙舞爪的畸形怪物。我在黑夜中惊醒，瑟瑟发抖，心力交瘁。

我来到伦敦，看见舰队街和河岸街上川流不息的人潮。我闪过一丝念头，觉得他们只不过是逝者的亡灵，在街道上神出鬼没。我曾目睹那里何其空寂凄凉。他们东游西荡，恍如死城幻影、行尸走肉。同样离奇的是，当我驻足于樱草山顶（写作本章的前一天，我就曾站在那里）向下俯瞰，鳞次栉比的房屋掩映在雾霭之中，依稀泛着幽幽蓝光，最终消失在低垂的天幕。我看见人们在山上的花坛中往来穿行，看见围观者一动不动地簇拥在火星机器旁，耳边传来孩童玩耍嬉戏的喧闹声。我不由得回想起那个壮丽的末日，在曙光映照下，眼前的一切如此明亮清晰，鲜艳恬静……

然而，当我再次握紧妻子的手，想到彼此都曾以为对方早已不在人世，那才真是最不可思议的事情。

［全文完］

译后记[1]

沃金（Woking）是伦敦以西三十多公里外一座鲜有人问津的小镇，但对于许多科幻迷们而言，这里足可谓精神地标。1895年，正是在这里，“科幻之父”赫伯特·乔治·威尔斯（H. G. Wells）完成他最引人瞩目的代表作《时间机器》(*The Time Machine*)，并着手构思这部英国维多利亚时代的“末日寓言”《星际战争》（*The War of the Worlds*）。

想必看完这个故事的读者都会对这座小镇记忆犹新，它不仅见证人类与火星入侵者的初次邂逅，也是恐慌人潮踏上逃亡之路的重要起点。多年以后，威尔斯回忆起蛰居沃金的一年半时光，称其为“激动人心的冒险”。作为自行车的狂热爱好者，他当时常常“骑着车在（沃金）周边地区穿行，只为选取合适的地点和人物，作为火星人摧毁的对象”[2]。由此可见，这座小镇是威尔斯科幻创作的灵感源泉，而这部小

---

1 本文初稿发表于2019年3月4日《文汇报》第9版，原题为《在英国沃金小镇邂逅“火星人”》。

2 H. G. Wells *Experiment in Autobiography: Discoveries and Conclusions of a Very Ordinary Brain*, 1934: 458.

说亦赋予沃金镇独一无二的文学意义。

翻译本书时，我正在英国访学，为我的科幻翻译史研究课题收集文献。趁着提交译稿的余热，我满怀好奇地计划去沃金镇探访一番。颇为巧合的是，在沃金自治市镇议会的网站上，恰好刊登着一幅名为《威尔斯在沃金》的路线图（*The Wells in Woking Heritage Trail*）。原来早在2016年，这座小镇就以最隆重的方式纪念这位科幻先驱一百五十周年诞辰，并编制出这份饶有趣味的文化指南。

冬日午后，当我乘坐西南铁路列车，从伦敦滑铁卢车站出发时，方才意识到自己正沿着那条逃亡之路逆向而行，回到故事的肇始之地。令我深感诧异的是，一百多年来，小说中的那些地名从未曾改变。乔巴姆、彻特西、奥特肖、拜弗利特、莱瑟黑德、韦布里奇、谢珀顿、温布尔登、金斯顿、里士满、巴尼特、樱草山、肯辛顿，乃至海德公园的大理石拱门，一切都如此真切，历历在目。

走出沃金车站，我循着地图向东而行，不远便是威尔斯的故居——梅伯里路141号。这栋米黄色的英式排屋面朝铁道，看似和周围的屋舍并无差别，却因二楼外墙上的那块蓝色铭牌而显得格外特殊。我抬头望去，铭牌上郑重地写着："幻想作家H. G. 威尔斯曾在此生活工作（1895—1896）"。想起小说中的"我"，正是在那扇窗前伏案写作，畅想火星生命降临的"流星"，顿时心生敬意：

> 当时，我正在家中的书房写作。虽然我的落地窗正对着奥特肖镇，百叶窗也并未合上（那段时间我总爱仰望夜空），但我什么也没看见。然而，这个有史以来最古怪的天外来客，一定是在我伏案写作时坠落的，倘若我那时抬头看一眼便能望见它。

从梅伯里路左转向北，穿过环岛一直走到彻特西路，出现在我眼前的是一大片绿荫构筑的密林。周围空寂无人，唯有一座小小酒馆孑然矗立在路边，墙上挂着一块招牌，名曰“荒凉山庄边的沙地”(Sands at Bleak House)。如此命名不知是否有意而为——它的对面无疑就是霍斯尔公地的入口。密林中杂草丛生，并无多少像样的道路，加之导航信号不甚准确，让徒步的我险些迷失其中。当我绕过几段冤枉路后，终于在一处高地背面，望见火星圆筒坠落的那个“沙坑”。只见沙地中央是一湾浅滩，像是被重物砸出的大洞，几根残枝枯木倾倒在水中，仿佛刚经受过天外来客的洗礼，显得一派荒颓。也许这就是当年的景象吧。

威尔斯在一次新闻访谈中曾讲述在这里构思“陨落星辰”时的情形：

> 一天，当我在霍斯尔公地散步时，眼前突然浮现一幅生动的画面，在我脑海中清晰可辨：侵略者

乘坐圆筒完成星际旅行，最终抵达这里。这圆筒的构想最初源自儒勒·凡尔纳。可接下来的问题是，我应该选择哪颗行星呢？没错，火星，当然是火星，那是唯一与地球相似的行星，却更为古老，因而也许存在更为高等的生命。[1]

英国的冬天白昼极短，当我走出霍斯尔公地时，天边已映照着一抹夕阳。我顺着彻特西路走了很久，直至穿过乔巴姆路才折回沃金镇，心里还念叨着热射线四处扫过的场面。就在此时，我头顶赫然出现一座形似三脚架的钢制雕塑，高耸在小镇繁华的广场中央。我定睛仰望，那正是小说中的火星巨怪。只见银色的盔甲在落日辉映下泛着闪闪金光。那深邃的头罩、耷拉的触手、弯曲的关节，简直与小说中的描写如出一辙，连身躯尺寸都一模一样。它是如此逼真，使我瞬间恍如身临其境，早已忘却跋涉的疲惫，迫不及待地想重回惊心动魄的故事现场。

从一旁的铭牌得知，这尊雕像出自艺术家迈克尔·康德伦（Michael Condron）之手，创作于1998年，时值《星际战争》出版一百周年，旨在纪念沃金镇作为现代科幻文学的

---

1 "The Scientific Novel: A Talk with Mr. H. G. Wells", *The Daily News (London)*, 26 January 1898.

诞生之地。未曾料，我竟这样与火星人不期而遇。我驻足悬想，回味起小说中那段埋下伏笔的经典开场白，不禁再次心潮澎湃：

> 十九世纪末，有谁会相信，某种外星生物正敏锐地窥视着这个世界。这种智慧生命虽然同人类一样无法永生，却更为高等睿智。

百年以前的那场全城逃亡虽已烟消云散，但此时此刻，人们却不得不相信，“某种外星生物正敏锐地窥视着这个世界”，因为它就静静地定格在眼前，日复一日凝视着埋首于尘世纷扰的匆匆过客。它已然幻化成一个精神符号，象征着两个星球文明命中注定的碰撞，无时无刻不传递着面对未来与未知的隐忧。

《星际战争》诞生于世纪之交。这种“世纪末”（fin de siècle）的悲观情结在威尔斯许多同时期作品中都有所体现，例如《时间机器》（1895）流露人类异化和阶级对立的忧思；《莫洛博士岛》（*The Island of Doctor Moreau*, 1896）刻画人性与兽性倒置的凄凉；《隐身人》（*The Invisible Man*, 1897）宣泄自我堕落和社会敌视的苦痛。而《星际战争》开创的，是以外星入侵为母题的灾难叙事，其背后既有帝国殖民扩张所潜藏的战火危机，亦有科学技术革新所颠覆的时空认知，字里行间充满令人不安的矛盾冲突和悬疑气氛，却在出人意料的结尾中豁然开朗。庞大可怖的火星侵略者竟然被地球上最渺小的生物——细菌所感染，以至最终不战而败，使人不得不感叹造物之神奇，也留给后世读者无限的遐想空间。

火星人还会卷土重来吗？故事显然没有就此终结。就在这部小说问世四十年后的1938年10月30日，美国哥伦比亚广播公司（CBS）水星剧场节目播出了由《星际战争》改编的广播剧。为了营造逼真的现场效果，故事发生的地点改至新泽西州。演员奥森·威尔斯（Orson Welles）模仿新闻直播的口吻，绘声绘色地讲述火星人入侵地球的经过，不料竟意外地引起全美大恐慌。那个经济衰退的年代，人人笼罩在战争阴霾之中，早已成惊弓之鸟。上百万听众信以为真，准备举家逃难。这场弄假成真的改编，遂成传播学的经典案例，也更为这部小说增添戏剧性的色彩。

《星际战争》的魅力不止于此。1953年和2005年的两部同名科幻电影，先后荣膺奥斯卡最佳视觉特效奖和提名。1978年，音乐家杰夫·韦恩（Jeff Wayne）以小说为蓝本谱写的唱片，卖出280多万张，九度登顶白金，至今仍位居英国音乐畅销榜前列。2018年，英国广播公司（BBC）开拍新版电视连续剧。而就在上个星期，我还在伦敦摄政公园旁的New Diorama剧院观赏由CBS广播剧改编的现代版话剧。这个火星侵略者的故事，就像是个弥母（meme），在一场场跨媒介的演绎中丰富其思想内涵，又在一次次跨文化的重译中延展其文学生命。

对我而言，翻译这部小说是一段难忘的时空之旅，我的心绪也随着故事的情节走向而跌宕起伏。威尔斯的文字有如新闻记者般缜密客观，使他天马行空的想象变得合情合理，却又发人深省、耐人寻味。我尽可能用典雅但不矫作的文笔，还原时代气韵，同时兼顾行文流畅，保持文本的可读性。

这部小说早在1915年即译入中国，时名《火星与地球之战争》（杨心一译）。此后，诸多译本陆续问世，标题则各有差异，包括“世界大战”“世界之战”“星际战争”“大战火星人”等。我选择“星际战争”作为译名是因为虽然“世界”贴近原标题中“Worlds”的本意，但由于该词为复数，因而“星际”更能凸显两个星球文明之间的较量（亦即现实与未来的角力）。并且“星际战争”的确已是当今读者普遍接受的译名。

最后交代一下原文的选本。虽然《星际战争》起笔于1895年，但事实上，威尔斯早在1893年就曾写过一篇短文，题为《百万年的人》（*The Man of the Year Million*），构想出人类只有大脑和双手的未来模样[1]。而火星人入侵的故事灵感则源自他弟弟弗兰克·威尔斯（Frank Wells）的提议。这部小说最初于1897年在英国《皮尔逊杂志》（*Pearson's Magazine*）和美国

1 威尔斯在《星际战争》第2部第2章里曾提及这部作品。

《大都会》杂志（*The Cosmopolitan*）同步连载。1898年，伦敦威廉·海涅曼出版社（William Heinemann）和纽约哈珀兄弟出版社（Harper & Brothers）先后正式以单行本刊印。威尔斯后来在“哈珀版”文稿基础上修订，并重新发表于1924年出版的“大西洋版”（Atlantic Edition）《H. G. 威尔斯作品集》，即成为这部小说的标准文本。1927年，英国埃内斯特·巴恩出版社（Ernest Benn）将“大西洋版”的几处印刷错误进行修订，被称为“埃塞克斯版”（Essex Edition）。本书的翻译正基于此版文本。[1]

那天，当我走在沃金镇广场上时，不经意间发现，路边安放着一尊威尔斯的坐像。在他座椅背后铭刻着“公元802701年”的字样，那正是《时间机器》中设定的“未来”。不知道八十万年后的世界究竟是何模样？我们会与火星人再次“邂逅”吗？无论如何，那将至未至的时刻，会永远让我们着迷。

2019年1月

写于英国曼彻斯特

---

1 有关《星际战争》的版本演变和相关手稿文献，详见：H.G.Wells, David Y. Hughes, and Harry M. Geduld. *A Critical Edition of the War of the Worlds: H. G. Wells's Scientific Romance*. Bloomington: Indiana University Press, 1993.

赫伯特·乔治·威尔斯 生平

1866年9月21日 生于英国肯特郡布罗姆利，是家中四个兄弟姐妹中最小的孩子。

1873年 在家中养病期间，阅读大量由父亲从图书馆借来的书籍、杂志。

1878—1879 创作连环漫画故事《沙漠中的雏菊》（*The Desert Daisy*），第一次以“H. G. Wells”在作品上署名。

1880年 父亲生意失败，威尔斯被迫走出家门谋生，先后短暂做过布料商学徒、小学老师、助理药剂师。在此期间，威尔斯在母亲的做工的宅邸里阅读到了启蒙运动时期的重要著作。

1881—1883 家庭难以承担药剂师学习支出，威尔斯重新开始布料商学徒生活。因对布料店主的欺凌忍无可忍，他请求母亲结束其学徒合约。威尔斯重新回到学校担任一名小学老师。

1884年 获得实习讲师助学金，入科学师范学校（后与诸校合并为帝国理工学院），进入T. H. 赫胥黎的生物课班。生物学和动物学知识在威尔斯随后的几乎所有作品里都有体现。

1885年 以第一名的荣誉结束了第一年的学业后，获得次年助学金，开始学习物理和地理。后将兴趣转向文学和政治，反对学校注重技能的功利型课程安排。

1886—1887　威尔斯将应待在实验室里的时间花在图书馆中，发掘出对浪漫主义诗歌、启蒙运动讽刺作品、乌托邦构想和进化论的强烈兴趣。

1887年　肄业。担任一所寄宿学校的老师。在一场足球赛中肺部受伤，后引发肺出血。遂离职休养身体。在休养期间随时可能降临的死亡威胁中，威尔斯构思起末世和幻想类题材小说。

1888年　在自己创办的杂志上连载小说《时间长河里的亚尔古英雄》（*The Chronic Argonauts*），七年后在该部小说基础上扩写为《时间机器》。

1891年　在《半月评论》的编辑邀请下，写作短篇故事和文章，后为多家杂志撰写小说及戏剧评论。在为《星期六评论》作书评人期间，推动了詹姆斯·乔伊斯和约瑟夫·康拉德的写作事业。与表亲伊莎贝尔·玛丽·威尔斯结婚。

1895年　首部科幻题材长篇小说《时间机器》出版，获文坛盛誉。与伊莎贝尔正式离婚，与艾米·凯瑟琳·简·罗宾斯结婚。

1896年　《莫罗博士岛》出版。

1897年　《隐身人》出版。

1898年　《星际战争》出版。

1899年　《当睡者醒来时》出版。

1900年　《爱情与路易舍姆先生》出版。

1901年　《最早登上月球的人》《预言》出版，后者准确预言了超级城市的兴起、经济全球化和未来军事冲突的问题。

1902年 《发现未来》出版。

1903年 《陆上铁甲》出版。丘吉尔表示这本书引发了他对坦克的关注。

1904年 《神的食物》出版。

1905年 《现代乌托邦》《基普斯》出版，后者展现出威尔斯的社会主义思想抱负，深刻探讨了社会阶级和贫富差异问题，是威尔斯本人最喜爱的个人作品之一。

1906年 《在彗星出现的日子里》出版。前往美国，会见美国总统西奥多·罗斯福。

1908年 《空中之战》出版。

1909年 《托诺-邦盖》出版，评论认为这部作品复兴和改造了狄更斯及同时期文学大师对英国社会的描写。与情人安珀·里夫斯的女儿出生。

1910年 《波利先生的故事》出版。

1911年 《新马基雅维利》出版。这部作品中的政治元素强烈，且说教意味浓厚。此类作品的失败也引发后期威尔斯重新将创作重心转移到科幻领域。

1914年 《获得自由的世界》出版。本书基于当时科学界对放射性物质的研究，预言了原子弹的诞生。《终结战争之战》出版。与情人、女权主义记者丽贝卡·韦斯特的儿子出生。

1914—1918 第一次世界大战激发了威尔斯的政治意愿，并在此期间逐步发展成具有影响力的记者、评论员。

1916年 《勃列林先生看穿了它》出版。

1920年 《世界史纲》出版，在威尔斯生前受到市场广泛欢迎。前往苏联，会见苏联领导人列宁。

1922—1923 参加工党选举失败。

1927年 妻子简因癌症去世。

1933—1936 为好莱坞改编《未来的模样》剧本。

1934年 《自传中的实验》出版。

1937—1945 第二次世界大战期间，威尔斯为维护人权付出巨大努力。他调节各方利益而达成的协议直接促成了1948年联合国《世界人权宣言》的诞生。

1945年 《心灵的极限》出版。

1946年8月13日 于伦敦逝世。

赫伯特·乔治·威尔斯

经典科幻小说作品

《时间机器》

《星际战争》

《隐身人》

星际战争

产品经理 | 孙　淳
　　　　　 刘昀琪
产品总监 | 黄　钟

装帧设计 | 何月婷
技术编辑 | 白咏明
出 品 人 | 吴　畏

图书在版编目（CIP）数据

星际战争 / (英) 赫伯特·乔治·威尔斯著；顾忆青译. -- 天津：天津人民出版社，2020.1（2021.5重印）
ISBN 978-7-201-15451-0

Ⅰ. ①星… Ⅱ. ①赫… ②顾… Ⅲ. ①科学幻想小说-英国-现代 Ⅳ. ①I561.45

中国版本图书馆CIP数据核字（2019）第228825号

星际战争
XINGJI ZHANZHENG

出　　版　天津人民出版社
出 版 人　刘　庆
地　　址　天津市和平区西康路35号康岳大厦
邮政编码　300051
邮购电话　022-23332469
电子信箱　reader@tjrmcbs.com

产品经理　孙　淳　刘昀琪
责任编辑　张　璐
特约编辑　康嘉瑄
装帧设计　何月婷

制版印刷　天津丰富彩艺印刷有限公司
经　　销　新华书店
发　　行　果麦文化传媒股份有限公司
开　　本　880毫米×1230毫米　1/32
印　　张　8.25
印　　数　11,001-16,000
字　　数　151千字
版次印次　2020年1月第1版　2021年5月第3次印刷
定　　价　42.00元